WITHDRAWN

Seducción cruel
Jennie Lucas

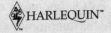

HARLEQUIN™

Editado por HARLEQUIN IBÉRICA, S.A.
Núñez de Balboa, 56
28001 Madrid

I.S.B.N.: 978-84-671-7803-6
Depósito legal: B-46626-2009
Editor responsable: Luis Pugni
Preimpresión y fotomecánica: M.T. Color & Diseño, S.L.
C/ Colquide, 6 portal 2 - 3º H. 28230 Las Rozas (Madrid)
Impresión y encuadernación: LITOGRAFÍA ROSÉS, S.A.
C/ Energía, 11. 08850 Gavá (Barcelona)
Fecha impresion para Argentina: 16.8.10
Distribuidor exclusivo para España: LOGISTA
Distribuidor para México: CODIPLYRSA
Distribuidores para Argentina: interior, BERTRAN, S.A.C. Vélez
Sársfield, 1950. Cap. Fed./ Buenos Aires y Gran Buenos Aires,
VACCARO SÁNCHEZ y Cía, S.A.
Distribuidor para Chile: DISTRIBUIDORA ALFA, S.A.

Capítulo 1

BRILLANTES luces blancas parpadeaban bajo los techos decorados con frescos del gran salón de baile del hotel Cavanaugh. Todos los famosos de Nueva York bebían champán, fabulosos con sus esmóquines y sofisticados vestidos para el «Baile en blanco y negro» celebrado por la ilustre y misteriosa condesa Lia Villani.

–Esto no va a ser tan fácil como crees –le susurró a Roark su viejo amigo mientras se movían entre la multitud–. Tú no la conoces: es bella y testaruda.

–Tan sólo es una mujer –replicó Roark Navarre peinándose el cabello con la mano y bostezando a causa del jet lag–. Me dará lo que quiero.

Se arregló los gemelos de platino al tiempo que contemplaba el abarrotado salón. Su abuelo había intentado obligarle a vivir en aquella jaula de oro. Sin embargo, él se había zafado: llevaba los últimos quince años fuera del país, principalmente en Asia, construyendo enormes edificios.

Nunca habría imaginado que regresaría a esa ciudad. Pero aquél era el mayor terreno de Manhattan en salir al mercado en toda una generación. Los cinco rascacielos que planeaba construir serían su legado.

Así que se había enfurecido al oír que el conde Villani se le había adelantado. Afortunadamente para él, el astuto aristócrata italiano había fallecido hacía dos semanas. Entonces Roark se había permitido una sonrisa irónica. Ya sólo tendría que negociar con la joven viuda del conde. Aunque ella parecía decidida a respetar el último deseo de su marido y emplear la mayor parte de su enorme fortuna en crear un parque público en Nueva York, la joven cazafortunas cambiaría de opinión muy pronto.

Ella sucumbiría a sus deseos, se dijo Roark. Igual que todas las mujeres.

–Probablemente ni siquiera haya venido –insistió Nathan–. Desde que el conde murió...

–Por supuesto que habrá venido –dijo Roark–. No se perdería su propio baile benéfico.

Pero al oír el nombre de la condesa susurrado con admiración por todas partes, Roark se preguntó por primera vez si ella supondría un desafío; si él tendría que esforzarse para lograr que ella accediera a su petición.

Una idea de lo más intrigante.

–Se rumorea que el viejo conde murió en la cama de ella de tanto placer –le susurró Nathan mientras atravesaban la multitud–. Dicen que su corazón no pudo soportarlo.

Roark rió con desdén.

–El placer no tiene nada que ver. Ese hombre llevaba enfermo meses. Mi corazón estará bien. Créeme.

–No la conoces. Yo ya te lo he advertido.

Nathan Carter se secó el sudor de la frente. Su viejo amigo de Alaska era el vicepresidente de su empresa Propiedades norteamericanas Navarre, S.L. Normalmente era tranquilo y seguro de sí mismo. A Roark le sorprendía verlo tan nervioso en aquel momento.

–Ella ha organizado este baile para recaudar dinero para el parque. ¿Por qué crees que va a venderte a ti el terreno?

–Porque conozco a las de su tipo –gruñó Roark–. Vendió su cuerpo para casarse con el conde, ¿o no? Él abandonar este mundo con un grandioso acto de caridad que compensara sus años de negocios implacables pero, una vez muerto él, ella querrá dinero. Tal vez ella parezca deseosa de hacer buenas obras, pero yo reconozco a una cazafortunas en cuanto la veo...

Se quedó sin habla al reparar en una mujer que llegaba al salón de baile en aquel momento: lustroso cabello negro rizado sobre hombros pálidos y desnudos; ojos entre verdes y avellana; vestido blanco sin mangas que realzaba a la perfección la voluptuosa forma de guitarra de su cuerpo. Ella tenía un rostro angelical salvo por una cosa: los labios rojo pasión destacaban claramente, carnosos e incitantes, como pidiendo el beso de un hombre.

–¿Quién es? –preguntó Roark conmocionado, algo poco habitual en él.

Nathan sonrió sardónico.

–Amigo mío, ella es la feliz viuda.

–La viuda...

Roark volvió a mirarla, atónito. En su vida había habido muchas mujeres. Él las había seducido fácilmente en cualquier lugar del mundo. Pero ella era la mujer más hermosa que había visto nunca: voluptuosa, angelical, traviesa. Por primera vez en su vida, él comprendió el significado de la expresión «bomba sexual».

Tal vez fueran ciertos los rumores de que el viejo conde había muerto de placer.

Tragó saliva. La condesa Lia Villani no era una simple mujer: era una diosa.

Hacía demasiado tiempo que él no se sentía así, tan intrigado y excitado por alguien. Él se había colado en aquella fiesta para convencer a la condesa de que le vendiera el terreno. Una repentina idea acudió a su mente: si ella aceptaba su propuesta de venderle la tierra por una cuantiosa suma de dinero, ¿tal vez también aceptaría acostarse con él para sellar el acuerdo?

Pero él no era el único hombre que la deseaba: vio que un hombre de cabello blanco con un impecable esmoquin subía las escaleras apresuradamente hacia ella. Otros invitados, no tan descarados, la contemplaban a distancia. Los lobos acechaban.

Y no era sólo la belleza de ella lo que despertaba reacciones de todos los presentes: nostalgia en los hombres; envidia en las mujeres. Ella irradiaba un gran poderío en la dignidad de su porte, en la fría mirada que dirigió a su pretendiente. Esbozó una sonrisa que no se reflejaba en sus ojos.

¿Los lobos acechaban? Ella era una loba en sí misma. Aquella condesa no era ninguna débil virgen ni una empalagosa debutante. Era fuerte. Paseaba su belleza y su poder como una fuerza de la Naturaleza.

El deseo que despertó en Roark era tan intenso que le descolocó. Con una sola mirada, aquella mujer le encendió.

Conforme ella descendía por las escaleras, con su voluptuoso cuerpo balanceándose a cada paso, él se la imaginó arqueándose desnuda debajo de él, susurrando su nombre con aquellos carnosos labios rojos mientras él se hundía entre sus senos y la hacía retorcerse de placer.

Esa mujer a la que todos los demás hombres deseaban, él la tendría, se dijo Roark.

Junto con el terreno, por supuesto.

—Lamento mucho su pérdida, condesa —saludó Andrew Oppenheimer muy serio, besándole la mano.

–Gracias.

Como atontada, la condesa Lia Villani miró a aquel hombre maduro. Deseó estar de nuevo en Villa Villani, llorando la muerte de su marido en silencio en su rosaleda ya descuidada, protegida tras los muros medievales de piedra. Pero no había tenido elección: debía asistir al baile benéfico que Giovanni y ella habían planeado durante los últimos seis meses. Él lo habría querido así.

El parque sería su legado, al igual que el de la familia de ella: veintiséis acres de árboles, césped y columpios en recuerdo eterno de la gente a la que ella había amado. Y de los cuales ya no quedaba ninguno. Primero había fallecido su padre, luego su hermana y después su madre. Y hacía nada, su marido. A pesar de la cálida noche de verano, Lia sentía el corazón frío y paralizado, como si la hubieran enterrado en el congelado suelo junto a su familia tiempo atrás.

–Encontraremos una forma de alegrarla, espero –dijo Andrew apartándose ligeramente, pero todavía sosteniéndole la mano.

Lia se obligó a sonreír. Sabía que él tan sólo intentaba ser amable. Y era uno de los principales benefactores al fondo para crear el parque. El día después del fallecimiento de Giovanni, él le había extendido un cheque por cincuenta mil dólares.

Andrew seguía sosteniéndole la mano sin permitirle zafarse de él con facilidad.

–Permítame que le traiga un poco de champán.

–Gracias pero no –dijo ella desviando la mirada–. Aprecio su amabilidad, pero debo saludar al resto de mis invitados.

El salón de baile estaba abarrotado. Había acudido todo el mundo. Lia no podía creer que el parque Olivia Hawthorne fuera a convertirse en una realidad. Los veintiséis acres de vías de tren y almacenes abandonados se transformarían en un lugar hermoso justo al otro lado de la calle donde su hermana había muerto. En el futuro, otros niños ingresados en el hospital St. Ann mirarían por sus ventanas y verían los columpios y la gran extensión de césped. Oirían el viento al mover los árboles y la risa de otros niños jugando. Sentirían esperanza.

¿Qué era su propio dolor comparado con aquello?, se dijo Lia.

Se soltó del hombre.

–Debo irme.

–¿No me permitiría escoltarla? –pidió él–. Déjeme quedarme a su lado esta noche, condesa. Déjeme consolarla en su dolor. Debe de ser duro para usted hallarse aquí. Hágame el honor de permitir que la escolte y doblaré mi donación al parque, la triplicaré...

–Ha dicho que no –interrumpió una voz grave de hombre–. Ella no quiere estar con usted.

Lia elevó la vista y contuvo el aliento. Un hombre alto y de hombros anchos la observaba desde el pie de las escaleras. Tenía el pelo negro, la piel bronceada y un cuerpo musculoso bajo su impecable esmoquin. Y, aunque le había hablado a Andrew, sólo la miraba a ella.

El brillo de aquellos ojos oscuros y expresivos, extrañamente, la encendió. Transmitían calidez, algo que ella no había sentido en semanas a pesar de que era junio.

Además, aquello era diferente. Ninguna mirada de hombre la había abrasado así.

–¿Lo conozco? –murmuró ella.

Él sonrió con suficiencia.

–Todavía no.

–No sé quién es usted –intervino Andrew fríamente–. Pero la condesa está conmigo.

–¿Podrías traerme un poco de champán, Andrew? –pidió ella girándose hacia él con una sonrisa radiante–. ¿Me harías ese favor?

–Por supuesto, encantado, condesa –respondió él y miró sombrío al extraño–. Pero, ¿y él?

–Por favor, Andrew –repitió ella posando su mano en la muñeca de él–. Tengo mucha sed.

–Enseguida –dijo él con dignidad y se marchó en busca del champán.

Lia tomó aire profundamente, apretó los puños y se giró hacia el intruso.

–Tiene exactamente un minuto para hablar antes de que avise a seguridad –anunció bajando las escaleras hasta encararse con él–. Conozco la lista de invitados. Y a usted no lo conozco.

Pero cuando se vio junto a él se dio cuenta de lo grande y fuerte que era. Con su metro setenta ella no era precisamente baja, pero él le sacaba al menos quince centímetros y treinta kilos.

Y aún más poderoso que su cuerpo era la manera en que el hombre la miraba. No apartó ni un segundo la mirada de ella. Y ella no fue capaz de apartar la vista de aquellos intensos ojos negros.

–Es cierto que no me conoce. Todavía –dijo él acercándose a ella con una sonrisa arrogante–. Pero he venido a darle lo que desea.

Luchando por controlar el calor que estaba invadiendo su cuerpo, Lia elevó la barbilla.

–¿Y qué cree usted que deseo?

–Dinero, condesa.

–Ya tengo dinero.

–Va a gastar la mayor parte de la fortuna de su difunto marido en ese estúpido proyecto benéfico –señaló él con una sonrisa sardónica–. Es una pena que desperdicie así el dinero después de lo duro que trabajó para ponerle las manos encima.

¡Él estaba insultándola en su propia fiesta llamándola cazafortunas! Por más que eso fuera parcialmente verdad... Ella contuvo las lágrimas ante el desprecio hacia la memoria de Giovanni y luego miró al extraño con tanta altivez como logró reunir.

–Usted no me conoce. No sabe nada de mí.

–Pronto lo sabré todo.

Él alargó una mano y paseó su dedo por la mandíbula de ella.

–Pronto te tendré en mi cama –añadió en voz baja.

No era la primera vez que un hombre le decía algo tan ridículo, pero aquella vez Lia no logró despreciar la arrogancia de aquellas palabras. No cuando el roce de aquel dedo sobre su piel había revolucionado su cuerpo entero.

–Yo no estoy en venta –afirmó ella.

Él le hizo elevar la barbilla.

–Serás mía, condesa. Me desearás como yo te deseo.

Ella había oído hablar de la atracción sexual, pero pensaba que había perdido su oportunidad de experimentarla. Se creía demasiado fría, demasiado vapuleada por el dolor, demasiado... entumecida.

Sentir la mano de él sobre su piel había sido como un cálido rayo de sol que empezara a resquebrajar el hielo de su cuerpo y lo derritiera.

Contra su voluntad, se acercó a él un poco más.

–¿Desearlo? Eso es ridículo –dijo con voz ronca y el corazón desbocado–. Ni siquiera lo conozco.

–Lo harás.

Él tomó su mano y ella sintió aquel extraño fuego subiéndole por el brazo hasta el centro mismo de su cuerpo.

Ella llevaba congelada mucho tiempo, desde que en enero habían descubierto la enfermedad de Giovanni. Por eso, en aquel momento el calor provocado por aquel extraño le resultó casi doloroso.

–¿Quién es usted? –murmuró ella.

Lentamente, él la abrazó y acercó su rostro a meros centímetros del de ella.

–Soy el hombre que va a llevarte a tu casa esta noche.

Capítulo 2

NOTAR la mano de él envolviendo la suya provocó una explosión interior en Lia. Conforme él la tomaba en sus brazos, ella sintió aquellas manos sobre su espalda, el roce del elegante esmoquin contra su piel desnuda, la firmeza de aquel cuerpo contra el suyo.

Comenzó a respirar entrecortadamente. Lo miró, desconcertada por la abrumadora sensación de deseo. Entreabrió los labios y...

Y quiso irse con él. Adonde fuera.

—Aquí tiene su champán, condesa.

El repentino regreso de Andrew rompió el hechizo. Frunciendo el ceño al extraño, el millonario se interpuso entre ambos y entregó una copa de cristal Baccarat a Lia. Ella, de pronto, fue consciente de que los otros contribuyentes al parque intentaban que los atendiera: la saludaban discretamente con la mano o iban a su encuentro. Se dio cuenta de que trescientas personas la observaban y esperaban hablar con ella.

No podía creerse que se hubiera planteado escaparse con un desconocido quién sabía adónde.

¡Claramente la pena le había mermado el sentido común!

—Disculpe —dijo soltándose del extraño, desesperada por escapar de su intoxicante fuerza, y elevando la barbilla–. Debo saludar a mis invitados. A quienes *yo* he invitado.

–No se preocupe –respondió él con una mirada sardónica y ardiente que hizo estremecerse a Lia–. He venido acompañando a alguien a quien usted sí invitó.

¿Significaba eso que él estaba allí con otra mujer? ¿Y casi le había convencido a ella de que se marchara con él? Lia apretó los puños.

–A su cita no va a gustarle verle aquí conmigo.

Él sonrió como un depredador.

–No he venido con una cita. Y me iré contigo.

–Se equivoca respecto a eso –replicó ella desafiante.

–¿Condesa? ¿Permite que la acompañe lejos de este... individuo?

Andrew Oppenheimer esbozó una sonrisa de suficiencia al mirar al otro hombre.

–Gracias –contestó ella colgándose del brazo de él y dejándose llevar hacia el resto de invitados.

Pero mientras Lia bebía Dom Perignon y fingía sonreír y disfrutar de la conversación, conociendo a todo el mundo, sus ingresos y su posición en sociedad, no pudo ignorar su estado de alerta respecto al extraño. Sin necesidad de mirar alrededor, ella sentía la mirada de él sobre ella y sabía exactamente dónde se encontraba en el enorme salón.

Se sentía embargada por una extraña y creciente tensión, el sentido común empezaba a derretírsele como un carámbano de hielo al sol.

Ella siempre había oído que el deseo podía ser apabullante y destructor. Que la pasión podía hacer perder la cabeza. Pero ella nunca lo había comprendido. Hasta entonces.

Su matrimonio había sido por amistad, no por pasión. A los dieciocho años se había casado con un amigo de la familia al que respetaba, un hombre que se había portado bien con ella. Nunca se había sentido tentada a traicionarlo con otro hombre.

A sus veintiocho años, Lia todavía era virgen. Y ya había asumido que eso nunca cambiaría.

En cierta forma había sido una bendición no sentir nada. Después de perder a todas las personas que le habían importado, lo único que había querido era seguir entumecida el resto de su vida.

Pero la ardiente mirada del extraño le aceleraba el pulso y hacía que se sintiera viva contra su voluntad.

Él era guapo, pero no con la elegancia y dignidad de Andrew y los otros aristócratas de Nueva York. No parecía alguien nacido entre oropeles. En la treintena, grande y musculoso, tenía el aspecto de un guerrero. Implacable, incluso cruel.

Lia se estremeció. Un ansia líquida se extendía por sus venas aunque ella se oponía con todas sus fuerzas, diciéndose a sí misma que se debía al agotamiento. Que era una ilusión. Demasiado champán, demasiadas lágrimas y poco sueño.

Cuando comenzó la cena, Lia advirtió que el extraño había desaparecido. La intensa emoción que había ido creciendo en su interior se cortó de repente. Mejor así, se dijo. Él le había hecho perder su equilibrio.

Pero, ¿dónde estaba? ¿Y por qué se había ido?

La cena terminó y un nuevo temor la atenazó. El maestro de ceremonias, un renombrado promotor inmobiliario, subió al estrado con un mazo.

—Y ahora, la parte más divertida de la noche –anunció con una sonrisa–. La subasta que todos estaban esperando. El primer lote...

La subasta para recaudar fondos comenzó con un bolso de Hermès en cocodrilo de los años sesenta que una vez había sido propiedad de la princesa Grace. Las ofertas, astronómicas y crecientes, deberían haber complacido a Lia: cada céntimo donado aquella noche se dedicaría a construir y mantener el parque.

Pero conforme se acercaban al último lote, su temor aumentaba.

—Es una idea perfecta —había asegurado Giovanni con una débil risa cuando el organizador de la fiesta lo había sugerido.

Desde su lecho de muerte, Giovanni había posado su mano temblorosa sobre la de Lia.

—Nadie podrá resistirse a ti, querida. Debes hacerlo.

Y aunque ella odiaba la idea, había accedido. Porque él se lo había pedido. Pero nunca habría imaginado que la enfermedad de él se precipitaría tan rápido hacia lo peor. Ella no esperaba tener que enfrentarse a aquello sola.

Después de que unos pendientes de diamantes Cartier se vendieran por noventa mil dólares, Lia oyó el golpe del mazo. Fue como la preparación final para la guillotina.

—Y llegamos al último artículo de la subasta —anunció el maestro de ceremonias—. Algo muy especial.

Un cañón de luz iluminó a Lia, de pie sola sobre el suelo de mármol. Se oyeron cuchicheos entre los invitados, que más o menos conocían el secreto a voces. Lia sintió la mirada ansiosa de los hombres y la envidia de las mujeres. Y más que nunca deseó encontrarse en su rosaleda de la Toscana, lejos de todo aquello.

«Giovanni», se lamentó. «¿En qué me has metido?».

–Un hombre podrá abrir el baile esta noche con nuestra encantadora anfitriona, la condesa Villani. La puja comienza en diez mil dólares.

Apenas había pronunciado la cantidad cuando varios hombres empezaron a gritar sus ofertas.

–Diez mil –comenzó Andrew.

–Yo pagaré veinte mil –tronó un pomposo anciano.

–¡Cuarenta mil dólares por un baile con la condesa! –gritó un magnate de Wall Street cuarentón.

La puja continuó ascendiendo lentamente y Lia se fue sonrojando cada vez más. Pero cuanto más humillada se sentía, más entera se mostraba. Aquello era una manera de conseguir dinero para el parque de su hermana, lo único que le quedaba en la vida en lo que todavía creía. Sonreiría y bailaría con quien realizara la mayor puja, independientemente de quién fuera. Le reiría las bromas y sería encantadora aunque eso la destrozara...

–Un millón de dólares –intervino una voz grave.

Un susurro de sorpresa recorrió la sala.

Lia se giró y ahogó un grito. ¡Era el desconocido! Los ojos de él la abrasaban.

«No», pensó ella con desesperación. Apenas se había repuesto de estar en sus brazos. No podía volver a acercarse tanto a él, ¡no, cuando rozarle le abrasaba el cuerpo y el alma!

El maestro de ceremonias entornó los ojos para comprobar quién había lanzado una puja tan descabellada. Al ver al hombre, tragó saliva.

–¡De acuerdo! ¡Un millón de dólares! ¿Alguien da más? Un millón a la una...

Lia miró desesperada a los hombres que habían peleado por ella momentos antes. Pero los hombres se veían superados. Andrew Oppenheimer apretaba la mandíbula furioso.

—Un millón a las dos...

¿Por qué nadie decía nada? O el precio era demasiado alto, o... ¿era posible que temieran desafiar a aquel hombre? ¿Quién era? Ella nunca le había visto antes de aquella noche. ¿Cómo era posible que un hombre tan rico se colara en su fiesta en Nueva York y ella no tuviera ni idea de quién se trataba?

—¡Vendido! Abrirá el baile con la condesa por un millón de dólares. Caballero, venga por su premio.

El desconocido clavó sus ojos oscuros en los de ella conforme atravesaba el salón. Los otros hombres que habían pujado se apartaron, silenciosos, a su paso. Mucho más alto y corpulento que los demás, él destilaba poderío.

Pero Lia no iba a permitir que ningún hombre la acosara. Independientemente de lo que ella sintiera en su interior, no mostraría su debilidad. Era evidente que él creía que ella era una cazafortunas y que podía comprarla.

«Serás mía, condesa. Me desearás como yo te deseo».

Ella le desengañaría muy rápido de esa idea. Elevó la barbilla al verlo acercarse.

—No crea que me tiene —le dijo desdeñosamente—. Usted ha comprado bailar conmigo durante tres minutos, nada más.

A modo de respuesta, él la levantó en sus fuertes brazos. El contacto fue tan intenso y perturbador que ella ahogó un grito. Él la miró mientras la conducía a la pista de baile.

—Te tengo ahora —afirmó él esbozando una sonrisa con su sensual boca—. Esto sólo es el comienzo.

Capítulo 3

LA ORQUESTA empezó a tocar y una cantante con un vestido negro cubierto de lentejuelas empezó a cantar la famosa *At Last*. Al escuchar la apasionada letra sobre un amor largo tiempo esperado y por fin hallado, a Lia se le encogió el corazón. El apuesto extraño la llevó casi en volandas hasta la pista de baile. Los dedos de él entrelazados con los suyos la sujetaban más firmemente que si llevara encadenadas las muñecas. La electricidad del tacto de él le generaba un ardor del que no podía escapar incluso aunque lo hubiera deseado.

Él la apretó contra su cuerpo mientras dirigía el baile. Su dominio sobre ella generó en Lia una creciente tensión nostálgica. Entonces él le apartó el cabello de los hombros y le habló al oído.

—Eres una mujer muy bella, condesa.

Ella sintió su aliento contra su cuello y un cosquilleo le recorrió el cuerpo entero. Lia exhaló sólo cuando él se hubo separado.

—Gracias —logró articular, elevando la barbilla en un intento desesperado de disimular los sentimientos que él le estaba provocando—. Y gracias por su donación millonaria al parque. Todos los niños de la ciudad estarán...

—Me importan un comino los niños —la interrumpió él y clavó sus intensos ojos en ella–. Lo he hecho por ti.

–¿Por mí? –murmuró ella sintiendo que el cuerpo se le rebelaba de nuevo, cada vez más mareada mientras seguían bailando.

–Un millón de dólares no es nada –afirmó él–. Pagaría mucho más por obtener lo que deseo.

–¿Y qué es lo que desea?

Él la atrajo hacia sí y, tomándole la mano, se la llevó al pecho.

–A ti, Lia.

Lia. Al oír la voz de su pareja de baile acariciar su nombre mientras sus manos acariciaban su cuerpo se estremeció hasta el alma. Pero la fogosidad en aquellos ojos oscuros se mantenía como bajo control. Como si el apabullante deseo que estaba haciendo trizas el autocontrol de Lia no fuera más que un interés pasajero para él.

Pero para ella era algo nuevo. Le hacía temblar las rodillas. Le hacía sentirse mareada e invadida de nostalgia y temor. De pronto fue consciente de que toda la sociedad de Nueva York estaba mirándolos y susurrando lo impropio de aquel baile. Sujetándola de aquella manera, sin una brizna de espacio entre los dos, él parecía su amante. Aquello no sólo deshonraba la memoria del recientemente fallecido Giovanni, además dañaba su propia reputación, se dijo Lia.

Intentó poner distancia entre ambos. No pudo. El poderoso dominio de él sobre ella y sus sentidos hacían que su cuerpo traicionara las órdenes de su mente. Algo en su forma de sujetarla le hacía sentir que llevaba esperando aquel momento toda su vida.

Él habló en voz baja, sólo para que lo oyera ella.

–En el momento en que te vi supe cómo sería tocarte.

Ella se estremeció. ¿Sabía él lo que le hacía sentir? Se obligó a comportarse como si aquello no la afectara.

–Yo no siento nada.

–Mientes –aseguró él, deslizando su mano por el brillante cabello de ella y acariciando sus hombros desnudos.

Ella notó que las rodillas le fallaban. Tenía que recuperar el control de sí misma antes de que la situación se le escapara de las manos. ¡Antes de perderse por completo!

–Esto sólo es un baile, nada más –recordó en voz alta.

Él se detuvo de pronto en mitad de la pista.

–Prueba tus palabras.

Toda la bravuconería de ella la abandonó cuando vio la intención de la mirada de él. Allí, en la pista de baile, él pretendía besarla, clamar su dominio sobre ella delante de todo el mundo.

–No –se opuso ella entrecortadamente.

Implacable, él acercó su boca a la de ella.

Su beso fue exigente y hambriento. Le hizo arder hasta las entrañas. Contra su voluntad, ella se apretó contra él, rindiéndose a las dulces caricias de su lengua.

Ella lo deseaba. Deseaba aquello. Lo necesitaba igual que una mujer ahogándose necesitaba aire. ¿Cuánto tiempo llevaba prácticamente muerta?

Oyó el escandalizado cuchicheo y los murmullos de envidia de la multitud que los rodeaba.

–¡Caramba! –murmuró un hombre–. Yo habría pagado un millón de dólares por eso.

Pero conforme ella intentaba separarse, él la sujetó más fuertemente, apoderándose de sus labios hasta que ella se derritió de nuevo en sus brazos.

Ella olvidó su nombre. Olvidó todo salvo su deseo por mantener aquel fuego. Abrazó a aquel desconocido por el cuello y lo atrajo hacia sí mientras le devolvía el beso con el hambre voraz de una vida nueva y refrescante.

Entonces él la soltó y el cuerpo de ella regresó al instante a su invierno. Lia abrió los ojos y contempló el rostro del hombre que tan cruelmente la había vuelto a la vida para luego deshacerse de ella. Esperaba ver arrogancia masculina. En lugar de eso, él parecía conmocionado, casi tan maravillado como se sentía ella. Sacudió la cabeza levemente como para quitarse la niebla de la cabeza. Entonces retornó a su expresión arrogante e implacable. Y Lia dudó de si se habría imaginado aquel momentáneo desconcierto tan parecido al suyo.

Horrorizada, se tocó sus labios aún palpitantes. ¿Qué demonios le sucedía? ¡Giovanni no llevaba ni dos semanas en la tumba!

Con la poderosa exigencia de su beso, el apuesto extraño le había hecho olvidarse de todo: su dolor, su pena, su sensación de vacío... y entregársele completamente. No se parecía a nada de lo que había experimentado antes. Y quería más. Desesperadamente.

Volvió a inspirar, ansiosa de aire, sentido común y control. Horrorizada, se llevó las manos a la cabeza al tiempo que se separaba de él. Él le sostuvo la mirada con unos ojos tan ardientes que la quemaban.

—El baile no ha terminado —dijo él con una voz grave que ordenaba regresar a sus brazos.

—¡Apártese de mí!

Lia se giró rápidamente y casi tropezó con el bajo de su vestido en su desesperación por salir huyendo. Con las mejillas encendidas, atravesó la abarrotada sala apresuradamente. Tenía que escapar. Tenía que huir de aquel extraño y de los escandalosos deseos que él le provocaba.

Miró hacia atrás y vio que él la seguía.

Entonces Lia no pensó. Se quitó sus exquisitos zapatos de tacón y echó a correr. Jadeante, llegó al vestíbulo del hotel y empujó violentamente la puerta giratoria que se interponía en su camino al exterior. Oía el eco de los pasos de él a su espalda, cada vez más cerca.

Lia se metió por entre un grupo de turistas que se agolpaban delante de las tiendas de la Quinta Avenida. Entonces vio un taxi parado delante de Tiffany's y a su lado un paseador de perros rodeado de una decena de animales.

Saltó por encima de las enredadas correas de los perros. Al caer, oyó que el vestido se le rasgaba. Casi sin aliento, se metió en el taxi nada más descender el anterior pasajero.

Tras ella, oyó maldecir a su perseguidor, atrapado entre las correas de los perros y los turistas cargados de compras.

—¡Arranque! —le gritó ella al taxista sacando el billete de cien dólares que siempre guardaba en su sujetador—. Alguien me sigue, ¡sáqueme de aquí!

El taxista miró por el retrovisor, vio el billete y la expresión de pánico de ella y apretó a fondo el acelerador. Los neumáticos chirriaron, levantando el agua de una alcantarilla, y el coche se perdió en el tráfico nocturno.

Girándose para mirar por la ventana trasera, Lia

vio al extraño empapado, mirando hacia ella con furia reprimida y los labios apretados, y casi lloró de alivio. Había escapado de él. Entonces se dio cuenta de que se había marchado corriendo de su propia fiesta. ¿Qué era lo que tanto le había asustado?

El fuego que él le generaba.

Su cuerpo se estremeció de deseo reprimido. Apoyó la cabeza entre las manos y lloró de corazón.

Capítulo 4

ROARK regresó al salón de baile con las manos vacías, furioso y empapado. Agarró una toalla de un carrito de bebidas y se secó sombrío el agua sucia del cuello, la camisa y las solapas de su esmoquin.

Ella había escapado. ¿Cómo era posible?

Frunció el ceño. Ninguna mujer le había rechazado antes. Ninguna mujer siquiera había intentado resistirse. Furioso, arrugó la toalla mojada y la lanzó sobre la bandeja vacía de un camarero. Apretó la mandíbula y contempló la sala. Vio a Nathan en la abarrotada pista de baile con una joven de mejillas sonrosadas y cabello rubio. Rechinó los dientes. ¿Él había perseguido a la rapidísima condesa por todo Midtown, rompiéndose casi el cuello y empapándose en el proceso, mientras Nathan flirteaba en la pista de baile?

Su viejo amigo debió de sentir su mirada fulminante porque se giró hacia él y, al ver su expresión, se excusó con su rubia pareja de baile y se despidió besándola en la mano.

—¿Qué te ha sucedido? —preguntó Nathan boquiabierto mirando el traje mojado y sucio.

Roark apretó la mandíbula.

—No importa.

—Has dado todo un espectáculo con la condesa —comentó Nathan alegremente—. No sé qué me ha escandalizado más: tu puja de un millón de dólares, vuestro beso en la pista de baile o la manera en que los dos habéis salido corriendo como si fuera una carrera. No esperaba que regresaras tan pronto. Ella debe de haber accedido a venderte el terreno en un tiempo récord.

–No se lo he planteado –le espetó Roark.

Nathan lo miró atónito.

–¿Has pagado un millón de dólares para bailar a solas con ella y no se lo has planteado?

–Lo haré –aseguró Roark quitándose la chaqueta mojada–. Te lo prometo.

–Roark, se nos acaba el tiempo. Una vez que el acuerdo se haya firmado con la ciudad...

–Lo sé –le cortó Roark.

Sacó su teléfono móvil y marcó un número.

–Lander, la condesa Villani se ha marchado del hotel Cavanaugh en un taxi hace cinco minutos. El número de la licencia es 5G31. Encuéntrala.

Colgó bruscamente. Podía sentir a la élite de Nueva York mirándolo con perplejidad y admiración. Parecían preguntarse quién era aquel desconocido capaz de pagar un millón de dólares por un baile... y besar salvajemente a la mujer que todos los demás hombres deseaban.

Roark apretó la mandíbula. Él era quien pronto construiría rascacielos de setenta pisos en el Far West Side. Quien comenzaría un nuevo barrio empresarial en Manhattan, sólo superado por Wall Street y Midtown.

–Yo lo conozco.

Roark se giró y vio al aristócrata de cabello blanco que le había llevado champán a Lia. Debía de tener unos sesenta años, pero seguía irradiando poderío.

–Usted es el nieto de Charles Kane –comentó el hombre arrugando la frente.

–Me apellido Navarre –precisó Roark mirándolo con frialdad.

–Cierto –comentó el hombre pensativo–. Recuerdo a su madre. Se fugó con un novio, un camionero, ¿cierto? Lamentable. Su abuelo nunca le perdonó que...

–Mi padre era un buen hombre –lo interrumpió Roark–. Trabajó muy duro cada día de su vida y no juzgó a nadie por el dinero que tenía ni por el colegio en el que había estudiado. Mi abuelo lo odiaba por eso.

–Pero usted debería haber asistido a su funeral. Era su abuelo...

–Nunca quiso serlo –puntualizó Roark y, cruzándose de brazos, dio la espalda a aquel hombre.

Entonces vio que el maestro de ceremonias de la subasta le hacía señas de que se acercara.

–Muchas gracias por su puja, señor Navarre –dijo–. La fundación del parque Olivia Hawthorne le agradece su generosa donación.

Justo lo que Roark necesitaba: ¡que le recordaran que acababa de entregar un millón de dólares al mismo proyecto que intentaba destruir!

–Es un placer –gruñó.

–¿Se quedará en Nueva York mucho tiempo, señor Navarre?

–No –respondió él secamente.

Antes de verse sometido a más preguntas, sacó una chequera del bolsillo interior de su esmoquin y extendió un cheque por un millón de dólares. Se lo entregó al hombre sin permitir que su rostro mostrara un ápice de emoción.

–Gracias, señor Navarre. Muchas gracias –dijo el hombre retirándose entre reverencias.

Roark asintió fríamente. Odiaba a los tipos obsequiosos como aquél. Gente que lo temía, que quería su dinero, su atención o su tiempo. Contempló a las mujeres que lo miraban con deseo y admiración. Las mujeres eran las peores.

Excepto Lia Villani. Ella no había intentado atraerlo. Había salido corriendo. Más rápida y con mayor determinación que él, había logrado escapar de él a pesar de que él se había esforzado al máximo.

¿Por qué había huido? ¿Tan sólo porque él la había besado?

Aquel beso... Él había visto cómo le había afectado a ella, demasiado parecido a como le había afectado a él: le había sacudido hasta las entrañas. Todavía le hacía temblar.

Él no había tenido intención de besarla. Su idea era convencerla de que le vendiera el terreno y después seducirla. Pero algo en la actitud desafiante de ella, en la forma en que se le había resistido mientras bailaban, le había provocado. Algo en la forma en que ella se había apartado del rostro el cabello negro, largo y lustroso, y en que se había humedecido sus carnosos labios rojos, mientras movía su voluptuoso cuerpo al son de la música, le había hecho enloquecer.

Ella le había desafiado. Y él había respondido.

Sólo había sido un beso, nada más. Él había besado a muchas mujeres en su vida. Pero nunca había sentido nada como aquello.

¿Y qué?, se encaró consigo mismo. Aunque sintiera el mayor deseo de su vida, el final seguiría siendo el mismo: se acostaría con ella, saciaría su lujuria y la olvidaría rápidamente. Igual que siempre.

Aun así...

Frunció el ceño. De alguna manera, la belleza y el poder de seducción de Lia Villani le habían hecho olvidar lo más importante del mundo: los negocios. Nunca le había sucedido. Y desde luego, no a causa de una mujer. Debido a ese error, tal vez perdiera el contrato más importante de su vida. Nathan tenía razón, reconoció: había infravalorado a la condesa. Ella era mucho más fuerte de lo que él había imaginado.

Pero en lugar de enfurecerse, de pronto a Roark le asaltó el deseo de cazarla. Vencerla.

Primero se haría con el terreno. Y luego con ella.

Le dolía el cuerpo de deseo por esa mujer. No podía olvidar cómo había temblado ella en sus brazos al besarla. Ni la suavidad de sus senos contra su pecho o la curva de su cadera contra su pelvis. Ni su sabor.

Tenía que poseerla. La deseaba con tanta fuerza que se estremeció.

Le sonó el teléfono móvil. Contestó al instante.

—Lander, dame buenas noticias —ordenó.

Lia cerró de un portazo la puerta de su Aston-Martin Vanquish descapotable. Le dolía todo el cuerpo. Habían sido doce largas horas. Había pasado por su casa de Nueva York lo suficiente para recoger su pasaporte y cambiarse de ropa. Luego había tomado el primer avión posible desde el aeropuerto JFK hasta París y luego hasta Roma antes de alcanzar Pisa. Incluso viajando en primera clase, el viaje había sido agotador. Tal vez porque había pasado todo el tiempo llorando. Y mirando hacia atrás, medio esperando que el desconocido la perseguiría.

Pero él no lo había hecho. Ella seguía sola.

¿Y por qué eso no le hacía sentirse más feliz?

Elevó la vista hacia el edificio en el borde de la boscosa montaña e inspiró profundamente. Estaba en casa. Aquel castillo medieval italiano, cuidadosamente reformado durante cincuenta años y transformado en una lujosa villa, había sido el refugio favorito de Giovanni. Durante los últimos diez años también había sido el hogar de Lia.

–*Salve, contessa* –la saludó el ama de llaves a gritos desde la puerta y, con lágrimas en los ojos, añadió–. Bienvenida a casa.

Lia atravesó la puerta principal y esperó a que los sentimientos de consuelo y comodidad la asaltaran como siempre.

Pero no sintió nada. Sólo vacío. Soledad.

Una nueva ola de dolor se apoderó de ella al dejar su maleta en el suelo.

–*Grazie*, Felicita.

Lia caminó lentamente por las habitaciones vacías. El valioso mobiliario de anticuario se alternaba con otras piezas más modernas. Cada habitación había sido primorosamente limpiada. Cada ventana estaba abierta de par en par, permitiendo que entrara la luz del sol y el fresco aire matutino de las montañas italianas. Pero ella tenía frío. Como si estuviera envuelta en una bola de nieve... o en un sudario.

El recuerdo del beso del desconocido le hizo estremecerse y se llevó la mano a los labios, reviviendo cómo la había incendiado el contacto con aquel hombre la noche anterior.

Sintió un pinchazo de arrepentimiento. Había sido una cobarde por haber huido de él, de sus propios sentimientos, de la vida... Pero no volvería a verle nunca. Ni siquiera sabía su nombre. Ella había tomado su decisión. La decisión segura y respetable. Y la cumpliría.

Apenas sintió el agua caliente sobre su piel al darse una ducha. Se secó y se puso un sencillo vestido ancho blanco. Se cepilló el pelo. Se lavó los dientes. Y se sintió muerta por dentro.

La soledad del enorme castillo, donde tantas generaciones habían vivido y perecido antes de que ella naciera, resonaba en su interior. Cuando entró en su dormitorio, miró la alianza de diamantes que Giovanni le había regalado y todavía lucía en su dedo.

Había besado a otro hombre mientras llevaba el anillo de su difunto esposo. La vergüenza la traspasó como una bala. Cerró los ojos llenos de lágrimas.

–Lo siento –susurró, como si Giovanni todavía pudiera oírla–. No debería haber permitido que sucediera.

No se merecía llevar la alianza, se dijo con desesperación. Lentamente se la quitó.

Llegó al dormitorio de Giovanni, anexo al suyo, y guardó el anillo en la caja fuerte oculta tras el retrato de la amada primera esposa de él. Contempló a la hermosa mujer del cuadro. La primera *contessa* reía subida a un columpio. Giovanni la había amado profundamente y siempre lo haría. Por eso no le había importado casarse con Lia.

Ese tipo de amor eterno era algo que Lia nunca había experimentado, ni nunca lo haría. Inspiró hondo. Tenía frío, mucho frío.

¿Alguna vez volvería a sentir calor?

–Lo siento –repitió y suspiró una vez más–. No pretendía olvidarte.

Salió a la soleada rosaleda. Aquél era el lugar preferido de Giovanni. Él mismo había cultivado las rosas, cuidando con mimo aquel jardín durante horas. Pero ese mismo jardín llevaba descuidado meses. Las flores estaban demasiado crecidas y medio salvajes. Los brotes se alzaban hacia el cielo azul, algunos tan altos como los muros antiguos de piedra.

Lia se inclinó para oler una de las enormes rosas amarillas, las de aroma más fuerte. Echaba de menos la calidez de Giovanni, su amabilidad. Se sentía tremendamente culpable por haberle olvidado, aunque sólo hubiera sido un momento, el tiempo que había durado aquel beso...

Cerró los ojos al tiempo que aspiraba la fragancia, escuchaba el viento entre los árboles y sentía el cálido sol de la Toscana sobre su piel.

—Hola, Lia —saludó una voz.

Ella se giró sobresaltada.

Era él. Sus ojos oscuros brillaban al otro lado del portón de hierro forjado. Él lo abrió y entró lentamente en el jardín. Su camisa y vaqueros negros destacaban sobre la profusión de coloridas rosas. Él se acercó con aire de depredador, como un león al acecho. Lia sintió la intensidad de su mirada desde la cabeza hasta los pies.

Él resultaba más apuesto allí que incluso en Nueva York, ¿cómo era posible? Aquel hombre, de belleza tan masculina, era tan salvaje como el bosque que los rodeaba.

Y los dos estaban solos.

Él se colocó entre ella y la puerta del jardín. Aquella vez no habría taxi. No habría escape. Ella se cruzó de brazos instintivamente, intentando detener su temblor, al tiempo que daba un paso atrás.

—¿Cómo me ha encontrado?

—No ha sido difícil.

—¡Yo no le he invitado!

—¿No? —dijo él con frialdad.

Tomó uno de los rizos de ella entre sus dedos mientras le acariciaba el rostro con la mirada.

—¿Estás segura?

Ella no podía respirar. Oyó cantar a los pájaros al otro lado de las murallas medievales construidas para protegerse de los intrusos. Las mismas murallas que en aquel momento la aprisionaban en su interior.

—Por favor, déjeme —susurró ella.

Temblaba de deseo por él. Por su calidez. Por sus caricias. Por la manera en que le hacía sentirse viva de nuevo, otra vez joven, otra vez mujer. Se humedeció los labios.

—Quiero que se vaya.

—No, no lo quieres —afirmó él y, elevándole la barbilla, la besó.

Los labios de él eran implacables, suaves y dulces. La fragancia de las rosas inundó los sentidos de ella y se sintió mareada. Estaba perdida, perdida en él. Y no quería que aquello terminara nunca.

Él la apoyó contra una pared recorrida por glicinias. La besó de nuevo, más violentamente. Jugueteando con ella. Tomando. Exigiendo. Seduciéndola...

El casto beso de Giovanni en la frente el día de su boda no había preparado a Lia para aquello. Durante toda la noche en el solitario viaje en avión atravesando el Atlántico, ella había intentado convencerse a sí misma de que su apasionada reacción al beso del extraño había sido un momento de locura, algo que nunca podría repetir. Pero el placer era mayor que antes, la dulce agonía aumentaba con la tensión de su deseo. Desaparecieron su pena, su soledad y su dolor. Sólo existía la ardiente exigencia de la boca de él, las placenteras caricias de sus manos.

Él obtenía lo que deseaba.

Ella intentó resistirse. De veras. Pero era como querer apartar la vida lejos de ella. Aunque sabía que no debía, lo deseaba.

Le devolvió los besos insegura al principio y luego con un hambre similar. Se estremeció ante la desmedida fuerza de su propio deseo conforme él acogía cada una de sus temblorosas caricias.

Advirtió que él le quitaba el vestido y luego el sujetador. Ahogó un grito cuando sintió sus pechos desnudos bajo el sol.

Él gimió y acercó la boca al pezón de ella, arrancándole un grito. Entonces posó su otra mano sobre el otro seno y lamió uno mientras acariciaba el otro. Luego deslizó sus manos hasta las caderas de ella, le bajó las bragas y las tiró sobre el césped.

Ella no podía dejar de temblar.

—Lia, cuánto me enciendes... —dijo él con voz ronca tomándola entre sus brazos.

Ella contempló aquel bello rostro y sus intensos ojos oscuros. Y de pronto supo que aquel fuego podría consumirlos a los dos. Él la tumbó con cuidado sobre el mullido césped y cubrió el cuerpo de ella con el suyo, lentamente. Ella gimió, deseando algo aunque no sabía el qué. Él se bajó la cremallera y entreabrió los muslos de ella con los suyos. Ella sintió el miembro erecto de él exigiendo penetrarla y se estremeció, tensa y llena de deseo.

Él la besó y ella le correspondió con igual pasión.

Entonces él la penetró de una sola embestida.

El dolor se apoderó de ella, haciéndole ahogar un grito.

Él se detuvo en seco y la miró desencajado.

—¿Cómo es posible? ¿Eres virgen?

Capítulo 5

¿LIA ERA virgen? Roark estaba conmocionado. Ella era la mujer más hermosa que había visto nunca. Todos los hombres la deseaban. Había estado casada diez años. ¿Cómo podía ser virgen? Pero las señales físicas no dejaban lugar a dudas. La actitud titubeante de ella ante el primer beso de él y su vergonzosa respuesta, que él había considerado muestra de su orgullo, tomaban otro cariz.

Lia era inocente. O al menos lo había sido hasta que él la había poseído.

Le invadió una poderosa sensación, tan intensa que le recordó a un salto en caída libre. La adrenalina que le invadía en aquel momento era la misma.

Lia era peligrosa. Más de lo que él habría imaginado nunca. Pero saber que él era el único hombre que la había disfrutado le generó un feroz orgullo y actitud posesiva. Peligrosa o no, no podía dejarla marchar.

Seguía erecto dentro de ella. Sabía que debería retirarse. Nunca había desvirgado a una mujer, pero sabía instintivamente que aquello les había cambiado a ambos para siempre. Siempre estarían conectados por aquello y eso le asustaba.

Ella se humedeció sus carnosos labios rojos.

–¿Por qué no me lo avisaste? –preguntó él con los dientes apretados.

–No quiero que pares –susurró ella acariciándole la mejilla con una mano temblorosa–. Contigo no siento frío. Te quiero dentro de mí.

Él gimió. Se retiró lentamente y volvió a penetrarla, esa vez más profundamente. Sintió un inmenso placer y tuvo que hacer un gran esfuerzo por controlarse. Ahogó el segundo grito de ella con un feroz beso, seduciéndola hasta hacerla olvidar su miedo y derretirse en sus brazos de nuevo. Hasta que ella gimió de placer y echó la cabeza hacia atrás. Él le besó el cuello y el lóbulo de la oreja. Los senos llenos de ella botaban suavemente según él la penetraba con un agonizante cuidado. Ella le clavó las uñas en la espalda mientras él sentía crecer la tensión del cuerpo de ella. La penetró de nuevo moviendo las caderas de lado a lado. Le acarició la piel mientras la montaba sobre el verde césped, bajo el cálido sol y rodeados del aroma a rosas.

Entonces la oyó tomar aire y la vio arquearse con un grito que parecía no terminar nunca.

Ante aquello, él perdió el control. La embistió tres veces antes de que su mundo estallara en una miríada de colores. No se parecía a nada de lo que él había sentido nunca. Mantuvo los ojos cerrados mientras seguía dentro de ella, luchando por recuperar el aliento. Le pareció que transcurría una eternidad antes de regresar lentamente a tierra.

Cuando por fin contempló el hermoso rostro de Lia, ella permanecía con los ojos cerrados. Tenía los labios entreabiertos y curvados en una dulce sonrisa, como si siguiera en el cielo. Él contempló su cuerpo desnudo. Eran tan exuberante... Volvía a excitarse sólo con mirarla.

Entonces se dio cuenta de algo: no había utilizado preservativo.

Acababa de arriesgarse a haberla dejado embarazada. Maldijo en voz baja. Furioso consigo mismo, salió de ella. Vio que ella abría los ojos y se ruborizaba.

Roark inspiró hondo.

—¿Tomas la píldora?

Ella lo miró como sin entender.

—¿Cómo?

Él repitió la pregunta. Ella negó con la cabeza.

—No, ¿por qué iba a hacerlo?

¿Por qué, ciertamente? Un sudor frío recorrió a Roark. Se puso en pie y se arregló la ropa. Ni siquiera se había quitado los pantalones.

No podía creer lo estúpido que había sido.

Lia poseía un poder sobre él que él no comprendía. ¿Cómo podía él haber actuado de forma tan estúpida, igual que un toro enloquecido de lujuria? La abrumadora fuerza de su deseo por ella era demasiado peligrosa. Demasiado íntima. Él no quería volver a preocuparse por nadie.

Le acometió el recuerdo de las llamas rojas, la nieve blanca y un desolado cielo negro. Los lloros. El crepitar de la madera ardiendo. Y luego, lo peor de todo: el silencio.

Apartó esos pensamientos. Negocios, tenía que pensar en negocios.

Maldijo en voz baja de nuevo. ¡Todavía no le había pedido que le vendiera el terreno de Nueva York!

—El terreno de Nueva York... —murmuró, pero se detuvo.

—¿Qué ocurre con él?

Él giró la cabeza y habló con voz ronca.

–¿Cómo es posible que seas virgen? Eres viuda. Todos los hombres te desean. Se dice que el viejo conde murió de placer contigo.

Ella se tensó.

–¡Eso no es cierto!

–Lo sé.

La puso en pie. El cuerpo desnudo de ella era una visión para él e incluso entonces, cuando ya debería estar saciado, no podía dejar de mirarla.

–Pero estuviste casada. ¿Cómo puedes ser virgen?

–Giovanni fue muy bueno conmigo –susurró ella–. Era mi amigo.

–Pero nunca fue tu amante.

–No.

De lo cual Roark estaba enormemente contento. ¿Por qué le importaba tanto haber sido su único amante? ¿Cuál era la diferencia?

La vio inspirar hondo y humedecerse los labios. Era tan hermosa que se moría de ganas de llevarla al interior del castillo, encontrar una gran cama y, con tiempo, enseñarle lo mucho que podía durar el placer...

¿Por qué ella tenía un efecto tan extraño sobre él? Inspiró hondo, desesperado por recuperar el control sobre su cuerpo y su mente. Negocios. «¡Pregúntale lo del terreno!», se ordenó a sí mismo. Pero su boca no cumplía sus órdenes. No podía dejar de mirarla.

Tenía que deberse a que ella todavía estaba desnuda. En cuanto se vistiera, él podría volver a pensar con claridad. Recogió el vestido y la ropa interior de ella del suelo y se la tendió.

–¿Por qué se casó el conde contigo si no fue por tu cuerpo?

Desorientada, ella lo miró con la ropa en la mano.

–Se casó conmigo para hacerme un favor.

Roark se obligó a apartar la mirada. Le resultaba más fácil mantener la distancia si no la veía ni la tocaba.

–Ya –dijo sardónico–. Por eso se casan los hombres, para hacer un favor. Hice negocios con el conde Villani un par de veces. Era un hombre implacable.

–Era amigo de mi padre –explicó ella vistiéndose–. Un desalmado empresario ladrón le robó la empresa de transporte a mi padre, quien a los pocos meses murió de un ataque al corazón.

Roark la fulminó con la mirada.

–Giovanni acudió al entierro en Los Ángeles –continuó ella–. Vio que mi hermana no tenía dinero para pagar su tratamiento y que mi madre había enloquecido de pena. Y quiso salvarnos.

Sacudió la cabeza mientras se le llenaban los ojos de lágrimas.

–Pero fue demasiado tarde para ellos.

Una empresa de transportes. Los Ángeles. A Roark empezaba a resultarle demasiado familiar.

«La fundación del parque Olivia Hawthorne le agradece su generosa donación».

Él no había prestado atención al nombre antes. En aquel momento, una nauseabunda sensación le invadió el pecho.

–¿Cómo se llamaba tu padre?

–¿Por qué?

–Tú dímelo.

–Alfred Hawthorne.

Roark maldijo en su interior. Como se temía, el padre de ella era el mismo hombre que, diez años atrás, se había hipotecado hasta el cuello intentando combatir la OPA hostil sobre su empresa de transportes por parte de Roark. Él había oído que el hombre había muerto unos pocos meses más tarde, seguido de su hija adolescente aquejada de un tumor cerebral. Y después la madre se había suicidado con pastillas para dormir.

Sólo la hija mayor había sobrevivido. Amelia.

Lia.

Y ella acababa de entregarle su virginidad.

Roark apretó los puños. Ella sólo lo había hecho porque no sabía quién era él. Milagrosamente, él se las había apañado para no decírselo. Pero en cuanto lo descubriera, él ya no tendría ninguna oportunidad de que le vendiera el terreno de Nueva York.

–¿Conocías a mi padre? –preguntó ella suavemente, mirándolo.

–No.

Y en cierta forma era verdad. Él nunca había conocido realmente a aquel hombre. Tan sólo se había adueñado de su empresa pobremente gestionada y la había hecho pedazos, destruyendo los muelles y vendiendo el valioso terreno frente al mar en Long Beach a un complejo de apartamentos de lujo.

–Ojalá lo hubieras conocido. Creo que os hubierais gustado. Los dos, hombres poderosos persiguiendo el éxito.

La diferencia estribaba en que él siempre ganaba, pensó Roark, mientras que el padre de ella había sido un fracasado, el heredero en tercera generación de una empresa que no había sabido gestionar.

Tenía que convencerla de que le vendiera el terreno de Nueva York antes de que ella descubriera quién era él. Se separó de ella y sacó unos papeles de un portafolios de cuero negro que había dejado a la entrada del jardín.

–Quiero que hagas algo por mí.

–¿Un favor aún mayor que entregarte mi virgini-dad? –bromeó ella sonriente.

Él le dirigió su sonrisa más encantadora.

–Es un favor pequeño –respondió–. Construye tu parque en algún otro lugar.

Ella lo miró boquiabierta.

–¿Cómo?

–Transfiéreme tu derecho de compra sobre el te-rreno. Haré que te merezca la pena. Te pagaré el diez por ciento sobre el precio de salida. Considéralo una comisión –dijo él abriendo los brazos en un gesto ex-pansivo–. Construye el parque que honre a tu her-mana en Los Ángeles. Deja que yo construya rasca-cielos en Nueva York.

Ella lo miró fijamente, blanca como una pared.

–¿De eso se trataba todo esto? ¿Por eso pagaste un millón de dólares por bailar conmigo en Nueva York? ¿Por eso me has seguido hasta Italia?

Él apretó la mandíbula.

–No era la única razón...

Ella apoyó su mano en el pecho de él y lo empujó con fuerza mientras lo fulminaba con la mirada.

–¿Me has seducido para conseguir el terreno? –añadió echando chispas por los ojos y elevando la barbilla.

Él estaba perdiendo el negocio. La miró y negó con la cabeza.

–Por supuesto que quiero el terreno. Más de lo que te imaginas. Puedo construir cinco rascacielos en esa propiedad que durarán cientos de años. Es el pro-yecto más grande que he emprendido nunca. Será mi legado –admitió e inspiró hondo–. Pero eso no tiene nada que ver con haber tenido sexo contigo. Haberte poseído así ha sido... un momento de locura.

Alargó la mano intentando volver a tomarla en sus brazos, a tenerla bajo su control.

–Si hubiera sabido que eras virgen...

–Conoces todo de mí, ¿no es así? Mi nombre, mi familia, dónde vivo... –dijo ella amargamente cerrando los puños con fuerza–. Y yo todavía no sé nada de ti. Ni siquiera sé cómo te llamas.

Si ella conocía su nombre, todo estaba perdido.

–¿Qué diferencia supone mi nombre? Piensa en el negocio que estoy ofreciéndote.

Ella elevó la barbilla con los ojos echando chispas.

–Quiero saber cómo te llamas, bastardo despiadado.

Él no podía mentirle. Su honor era más importante que cualquier otra cosa, incluso que el negocio de su vida. Inspiró profundamente.

–Me llamo Roark Navarre.

Capítulo 6

LIA LO MIRÓ atónita.

—¿Roark... Navarre?

Ella todavía recordaba el llanto de su padre aquella hermosa mañana de junio tiempo atrás.

—Marisa: Roark Navarre nos ha arruinado.

Lia acababa de terminar el instituto y estaba recreándose en haber sido aceptada en Pepperdine, una universidad privada muy cara en Malibú a la que acudiría en otoño. Olivia acababa de comenzar un tratamiento experimental bastante prometedor con un nuevo médico. Y su madre, que tan fácilmente variaba entre el éxtasis y la desesperación, estaba pintando al óleo el lejano muelle de Santa Mónica. El sol de California brillaba cálido sobre su casa junto a la playa.

Entonces su padre había regresado a casa a media mañana y se había lanzado en brazos de su madre como si acabara de recibir un duro golpe.

—Lo ha hecho, Marisa. Roark Navarre nos ha arruinado.

En aquel momento Lia se giró hacia él, temblando de furia.

—¡Tú destruiste a mi familia!

—No fue deliberado, Lia. Sólo fueron negocios.

—Negocios —le espetó ella, ladeando la cabeza con desdén—. ¿Igual que ha sido por negocios por lo que me has seducido?

–Lia, no me había dado cuenta de quién eras hasta ahora.

–Ya –dijo ella furibunda sacudiendo la cabeza–. ¿Por qué debería creer una palabra de lo que dices? Hiciste que mi padre perdiera su empresa...

–La habría perdido ante otro, de todas maneras. Era un inepto, el típico heredero de tercera generación intentando sacar adelante un negocio que no comprendía.

–¡Cómo te atreves!

Ella dio unos pasos y luego se detuvo, cubriéndose la boca con las manos y ahogando un grito de horror.

–Te he permitido tomar mi virginidad.

–Sí –dijo él–. Gracias. Lo he disfrutado mucho.

Ella arrugó el contrato que él le había dado y se lo tiró. Los papeles rebotaron en el pecho de él y cayeron al césped.

–Fuera de aquí –le ordenó ella–. Ese terreno va a ser un parque delante del hospital donde falleció mi hermana. ¡Moriría antes de permitir que construyeras unos rascacielos allí!

Roark apretó la mandíbula y sacudió la cabeza.

–Estás tomándote esto como algo personal. Son negocios. Si yo no te caigo bien, de acuerdo. Sácame todo el dinero que puedas, oblígame a duplicar mi oferta.

–Demasiado tarde.

De pronto, ella sentía una loca urgencia de reír.

–Antes de marcharme de Nueva York firmé los papeles que concedían el terreno a la fundación de forma irrevocable. Lo envié por mensajero. Ha sido demasiado tarde desde hace horas. Ese terreno está permanentemente fuera de tu alcance.

Ella vio algo parecido a dolor y furia cruzar el rostro de él. Supo que le había hecho daño. Le había impedido obtener algo que él deseaba realmente. Y estaba encantada. Deseó poder herirle una mínima parte de lo que él le había herido a ella.

–Por tu culpa, mi padre perdió hasta el último centavo que teníamos –susurró ella–. Mi hermana tuvo que aguantar varios meses sin tratamiento. Mi madre no pudo soportar la angustia de perder a su marido y a su hija. Todos fallecieron. ¡Por tu culpa!

–La culpa la tuvo tu padre –puntualizó él con frialdad–. Él fue el fracasado. Un hombre no debe tener una esposa e hijos si no puede cuidarlos decentemente...

Lia lo abofeteó.

Asombrado, Roark se llevó la mano a la mejilla.

Ella lo miró con odio.

–No te atrevas a llamar fracasado a mi padre.

Sintió que se le llenaban los ojos de lágrimas y se esforzó al máximo por contenerlas.

–Tú me has seducido por unos rascacielos que nunca corresponderán a tu amor. ¿Y dices que mi padre fue un fracasado? Él nos amaba. Fue mejor hombre de lo que tú serás nunca.

Roark se irguió y cerró los puños con fuerza a sus costados. Lia y él se sostuvieron la mirada unos segundos. Lia podía oír su respiración jadeante y angustiada y el canto de los pájaros alrededor.

Entonces él apretó la mandíbula.

–Ya he poseído tu cuerpo –dijo–. Y, ya que es demasiado tarde para comprar el terreno, no nos queda nada más que hablar. Nada acerca de ti es lo suficientemente interesante como para merecerse un segundo más de mi tiempo. Sólo avísame si hay un bebé, ¿de acuerdo?

Agarró su maletín, se giró y salió por la puerta del jardín.

Conmocionada, ella le oyó alejarse. Sólo cuando se quedó sola en la rosaleda de nuevo, se permitió derrumbarse entre sollozos. Tapándose la cara con las manos, cayó de rodillas sobre el césped y lloró. Por su familia. Por ella misma.

Acababa de entregar su virginidad al hombre que había destruido a su familia.

Cuatro meses después del horrible día en que lo habían perdido todo, su padre había fallecido de un ataque al corazón en el pequeño apartamento de dos dormitorios que habían alquilado después de vender su casa para pagar las deudas.

Giovanni las había salvado, gracias a Dios. El gran amigo de su padre había viajado desde Italia para asistir al funeral. Había visto que Lia, con dieciocho años, intentaba sacar adelante a su hermana enferma y a su madre enmudecida y medio loca de pena. A la mañana siguiente le había propuesto matrimonio.

—Tu padre me salvó la vida una vez en la guerra cuando yo era poco mayor que tú. Ojalá me hubiera enterado de vuestros problemas, ojalá él me los hubiera contado —dijo con lágrimas en los ojos—. Puedo cuidar de vosotras. Cásate conmigo, Amelia. Conviértete en mi condesa.

—¿Que me case contigo? —había exclamado ella ahogando un grito.

Por muy amable que era el conde Villani, ¡le triplicaba la edad!

—Sólo de forma nominal —aclaró él ruborizándose—. Mi esposa durante cincuenta años falleció el año pasado. Nadie podrá reemplazar a Magdalena en mi corazón. Nunca te pediré nada más que tu compañía, tu amistad y la oportunidad de devolverle el favor a mi amigo difunto. Tu madre es demasiado orgullosa para aceptar mi ayuda, pero si ella creyera que ésta ha sido una elección deliberada tuya...

Así que Lia se había casado con él y nunca había encontrado razones para arrepentirse. Había sido feliz con él. Él había sido un buen hombre. Pero su matrimonio no había logrado salvar a su hermana ni a su madre. Había sido demasiado tarde para someterse al tratamiento experimental en Los Ángeles, así que se habían trasladado a Nueva York donde Olivia podía ingresar en St. Ann, el mejor centro de tratamiento de cáncer cerebral en niños de todo el país. A pesar de su determinación y valor, Olivia había fallecido con catorce años. Una semana después, su frágil madre había muerto de una sobredosis de somníferos.

Si Roark no le hubiera abarrotado el negocio a su padre despiadadamente, dejándolo en la ruina con un océano de deudas, tal vez su padre habría salvado la empresa. Y Olivia podría haber continuado con su tratamiento experimental que tal vez habría funcionado.

O tal vez no. Pero ya nunca lo sabría.

La ira le hizo apretar los puños, destrozando una rosa roja entre sus dedos. Una espina le hizo sangre en un dedo. Por si él no le hubiera causado suficiente daño, ¡le había arrebatado la virginidad para conseguir un negocio! ¿Acaso ese hombre no tenía conciencia? ¿No tenía alma?

Condenado bastardo.

Maldiciendo en voz baja, Lia se chupó la sangre de la herida en el dedo. Luego entró en el castillo y se dio una ducha, desesperada por borrar de su piel el olor a él. Intentó no recordar la sensación de aquel cuerpo desnudo contra el suyo. O su voz ronca susurrando:

–Lia, cómo me pones...

Apoyó la cabeza en los frescos azulejos. Bajo la ducha de agua tan caliente que casi le quemaba la piel, se sintió abrumada de culpa y vergüenza. Había traicionado la memoria de Giovanni de la peor forma posible. Y entregándose al placer en brazos de Roark había traicionado a toda su familia. Aquél era el peor momento de toda su vida.

Se equivocaba. Tres semanas después, descubrió que estaba embarazada.

Capítulo 7

Dieciocho meses después

Roark no podía creerlo: Nathan iba a casarse.

Se conocían de cuando ambos eran estudiantes en Alaska. Durante quince años habían disfrutado del estilo de vida de los solteros con fobia al compromiso y adictos al trabajo, ganando auténticas fortunas y saliendo con una interminable sucesión de mujeres bellas.

Él nunca hubiera creído que Nathan se asentaría. Pero se había equivocado: su amigo iba a casarse ese mismo día.

Roark le esperaba en una mesa en el bar del hotel Cavanaugh, donde llevaba diez minutos apurando lentamente su whisky.

¿Sería demasiado tarde para convencer a Nathan de que no se casara? ¿De agarrar al pobre estúpido y obligarle a salir corriendo antes de que fuera demasiado tarde?

Roark se frotó la nuca con la mano, todavía bajo los efectos del jet lag tras su largo vuelo desde Ulan Bator. Terminado su proyecto en Mongolia el día anterior, había aterrizado en Nueva York hacía una hora. Era su primera vez en la ciudad en más de un año y medio, y a punto había estado de no acudir. Pero no podía permitir que su viejo amigo se enfrentara solo al pelotón de fusilamiento.

Faltaba una semana para Navidad y el moderno bar del hotel se hallaba repleto de hombres de negocios con trajes oscuros de buen corte y muy caros. También había algunas mujeres, unas pocas con traje de chaqueta, pero la mayoría con vestidos ceñidos y pintalabios rojo tan falso y cuidadosamente dispuesto como sus radiantes sonrisas de flirteo.

Podría ser cualquier otro bar caro en cualquier hotel de cinco estrellas del mundo. Roark bebió otro trago de su delicioso Glenlivet de cuarenta años y se sintió desconectado de todo y todos. Contempló su vaso medio lleno. El whisky sólo era un año mayor que él. Dentro de un año él tendría cuarenta. Y, aunque se decía a sí mismo que la vida sólo le iba mejorando, había veces en que...

Oyó la risa forzada de una rubia pechugona ante la broma de un hombre bajo y calvo a su lado. Los contempló beber champán rosado y fingir que estaban enamorados. Qué falso todo.

Roark no podía creerse que estuviera otra vez en Nueva York. Desearía seguir en el terreno en construcción, durmiendo en un jergón dentro de una tienda de campaña en Mongolia. O trabajando en Tokio. O en Dubai. O incluso regresar a Alaska. Cualquier lugar menos Nueva York.

¿Estaría ella allí por Navidad? La pregunta se coló en su mente de pronto y no fue bien recibida. Roark frunció el ceño y bebió otro trago de whisky.

Durante el último año y medio había trabajado sin descanso para intentar olvidarla.

La única mujer que le había proporcionado un placer tan inmenso.

La única mujer que le había dejado con ganas de más.

La única mujer que lo odiaba tan intensamente.

¿De forma merecida? Las acusaciones de ella todavía le quemaban el alma.

«Me has seducido por unos rascacielos que nunca corresponderán a tu amor. ¿Y dices que mi padre fue un fracasado? Él nos amaba. Fue mejor hombre de lo que tú serás nunca».

Roark se llevó el frío vaso a la frente. Él había tomado su decisión: no quería esposa. Ni hijos.

Él había tenido familia una vez, gente que lo amaba. Y no había sabido conservarlos. Mejor no tener a nadie a quien amar que fallarlos. Eso era más fácil, más seguro para todo el mundo.

Qué pena que Nathan no se diera cuenta de eso.

«Él nos amaba. Fue mejor hombre de lo que tú serás nunca».

—¿Roark? —oyó que le decía Nathan—. Cielos, tienes mal aspecto.

Aliviado por la interrupción, Roark elevó la vista y vio a su viejo amigo junto a la mesa del bar. Nathan le sonreía y tenía un aspecto de lo más saludable con sus vaqueros y un suéter.

—Y yo nunca te había visto tan feliz —admitió Roark extendiendo la mano—. ¡Incluso has engordado!

Nathan le estrechó la mano con una sonrisa. Se sentó a la mesa y se dio unas palmaditas sobre la tripa con gesto de arrepentimiento.

—Emily me alimenta bien. ¡Y después de hoy, sólo irá a más!

Roark lo miró fijamente.

—Pues sal corriendo.

—El mismo Roark de siempre —dijo su amigo con una carcajada y sacudió la cabeza—. Me alegro de que hayas venido. No esperaba que te desplazaras desde

Mongolia. De haberlo sabido, te habría nombrado mi padrino.

—Es mi última oportunidad para convencerte de que no te cases. Que sigas siendo libre.

—Créeme, cuando encuentras a la mujer adecuada, la libertad es lo último que deseas.

Roark resopló.

—Lo digo en serio —aseguró Nathan.

—Es una locura. Sólo conoces a la chica desde hace cuánto... ¿seis meses?

—Un año y medio. Y acabamos de conocer una noticia que aumenta la felicidad de este día —anunció Nathan y se acercó más a él con una sonrisa—: Emily está embarazada.

Roark se lo quedó mirando. Nathan rió al ver su expresión.

—¿No vas a felicitarme?

Su viejo amigo no sólo iba a casarse, además iba a ser padre. Roark sintió cada uno de sus treinta y nueve años. ¿Cuál era su condenado problema? ¡Él llevaba una vida perfecta como soltero, la vida que él deseaba!

—Enhorabuena —dijo Roark sin ninguna efusividad.

—Estamos buscando casa en Connecticut. Yo iré a la ciudad todos los días para trabajar, pero seguiremos teniendo una bonita casa con jardín para los niños. Emily quiere un jardín.

Un jardín. Roark recordó de pronto un jardín italiano repleto de rosas escondido del mundo tras unos muros de piedra de dos metros y medio de alto. El sol calentando la piel, el zumbido de las moscas y el viento moviendo los árboles. Y el sabor de la piel de ella. Aquel sabor dulce...

–Y pensar que no hubiera conocido a Emily de no ser por aquel terreno del Far West Side... –añadió Nathan–. ¿Lo recuerdas?

–Recuerdo que lo perdimos.

Él todavía no se había recuperado de aquella pérdida. Era la única vez en su vida que no había logrado algo.

No. Había habido otra vez: cuando él tenía siete años y su madre le había sacado a la nieve en mitad de la noche. Ella tenía el rostro cubierto de hollín y empapado de lágrimas de terror. Luego ella había regresado a la cabaña en busca de su marido y su hijo mayor. Roark había esperado, pero ellos no habían salido...

–Conocí a Emily en el baile benéfico «En blanco y negro» –le informó Nathan dando las gracias a la camarera que acababa de traerle su copa–. Trabaja para la condesa Villani. Recuerdas a la condesa, ¿verdad? Es una mujer a la que ningún hombre puede olvidar.

–Sí, la recuerdo –murmuró Roark.

Por más que había intentado olvidarla, la recordaba. Recordaba la forma en que la había sostenido entre sus brazos al besarla en el salón de baile. Recordaba el temblor de su virginal cuerpo cuando la había poseído en el jardín. Recordaba la explosiva manera en que la había deseado. Y la forma en que ella le había mirado, maravillada, mientras hacían el amor... y con odio cuando ella había descubierto quién era él.

Ella era la única mujer que se había negado a sus deseos.

Él no quería recordar esas cosas. Llevaba el último año y medio intentando olvidarlas. Pero, ¿cómo hacerlo cuando Lia era la mujer a quien todos los hombres deseaban y él había sido el único que la había tocado? Al menos el primero. De pronto se preguntó con cuántos hombres se habría acostado ella en el último año y medio. Agarró su copa con fuerza.

–Aunque la condesa no puede compararse con mi mujer –puntualizó Nathan–. Emily es cálida y amorosa. La condesa es muy guapa, no hay duda, ¡pero tan fría!

–¿Fría? –murmuró Roark–. Yo no la recuerdo así.

Ella había sido puro fuego, desde la pasión de su primer beso hasta la feroz intensidad de su odio.

–Te atrapó en su red, ¿cierto?

Roark elevó la vista y vio a Nathan mirándolo divertido.

–Por supuesto que no –replicó–. Tan sólo es la mujer que decidió poner un parque donde deberían haber estado mis rascacielos. Aparte de eso, no significa nada para mí.

–Me alegra oírte decir eso –comentó Nathan con gravedad–. Porque es evidente que ella te ha olvidado. Lleva viéndose con el mismo hombre desde hace meses. Se espera que cualquier día anuncie su compromiso de boda.

Una ola helada se apoderó del cuerpo de Roark. ¿Lia, comprometida?

–¿Quién es él?

–Un rico abogado de una acomodada familia de Nueva York. Andrew Oppenheimer.

Era el poderoso hombre de pelo blanco que había conocido al abuelo de Roark. ¿Él iba a convertirse en marido de Lia?

Roark sabía que ese matrimonio no sería célibe como el primero. Oppenheimer la deseaba... igual que todos los hombres. Igual que él, reconoció Roark.

Tomó aire profundamente mientras los colores y sonidos del bar zumbaban a su alrededor. Se dio cuenta de que dieciocho meses de duro trabajo físico no habían atenuado su deseo hacia Lia Villani. En absoluto.

Aunque ella lo detestara... él la tendría.

Capítulo 8

SABES que me preocupo por ti, querida.
Andrew abrazó a Lia por los hombros conforme se sentaban en el banco de la iglesia.

–¿Cuándo me darás el sí?

Ella lo miró y se mordió la lengua.

–Me encantan las Navidades, ¿a ti no? –murmuró él cambiando de tema con diplomacia–. Los regalos, la nieve... ¿No te parece romántico este lugar con las velas y las rosas?

Ciertamente, la catedral estaba decorada de forma muy románticamente a causa de la Navidad, con acebo, ramas de abeto y rosas rojas iluminadas por multitud de velas. La boda aprovechaba la magia de aquella noche invernal.

Pero Lia no deseaba celebrar su boda en Navidad. Sólo deseaba regresar junto a su hija, quien se hallaba acostada en su cuna bajo la atenta vigilancia de una niñera.

Y las rosas rojas le hacían pensar en un hombre de pelo oscuro y hombros anchos que había revolucionado su mundo y luego le había herido profundamente.

–Cásate conmigo, Lia –le susurró Andrew–. Seré un buen padre para Ruby. Os cuidaré a las dos para siempre.

Ella se humedeció los labios. Andrew Oppenheimer era un buen hombre, sería un buen marido y un padre aún mejor. Entonces, ¿por qué ella no lograba decir que sí? ¿Cuál era su problema?

—¿Qué me dices? —insistió Andrew.

Ella desvió la mirada y tragó saliva.

—Lo siento, Andrew. Mi respuesta sigue siendo no.

Él se la quedó mirando unos instantes y luego le dio unos suaves golpecitos en la mano.

—No hay problema, Lia. Te esperaré. Esperaré y confiaré.

Lia se ruborizó sintiéndose culpable. A ella le gustaba Andrew. Mantenía la esperanza de que algún día se enamoraría de él o al menos sería capaz de aceptar un matrimonio amistoso, igual que el primero. Pero una noche de pasión con Roark la había arruinado para siempre. Ya no conseguía imaginar casarse con un hombre si no existía ese fuego.

Sabía que estaba siendo una estúpida. Su hija necesitaba un padre. Pero...

Desvió la mirada. Los bancos de la iglesia estaban llenos de amigos tanto de su amiga y empleada, Emily Saunders, como del novio, Nathan Carter. Oyó que alguien recién llegado se sentaba justo detrás de ella.

—Me gustaría llevarte a algún lugar para Nochevieja —anunció Andrew sujetándole la mano—. El Caribe, Santa Lucía... O a esquiar en Sun Valley. Adonde tú quieras ir.

Andrew le besó la mano.

Ella oyó una leve tos a su espalda. Se dio la vuelta distraídamente y volvió a girarse mientras el tiempo se detenía en seco.

Roark.

Estaba sentado en el banco a su espalda con la mirada clavada en ella. Vestía una camisa, corbata y pantalones todo negro y resultaba más apuesto, seductor y travieso que el propio diablo. Era el único hombre que había logrado que se sintiera viva. El único hombre al que ella odiaba con cada fibra de su cuerpo.

–Hola, Lia –saludó él con tranquilidad.

–¿Qué estás haciendo aquí? –le espetó ella–. ¡Emily dijo que te encontrabas en Asia y que seguramente no llegarías a tiempo!

–¿No lo sabes? Soy mago –dijo él e hizo una inclinación de cabeza a Andrew–. Oppenheimer, ya le recuerdo.

–Y yo le recuerdo a usted, Navarre –dijo Andrew mirándolo con suspicacia–. Pero los tiempos han cambiado. Esta vez no me arrebatará el bailar con ella.

Por toda respuesta, Roark miró a Lia y a ella le pareció que él realmente era un mago, porque con una sola mirada cambió su invierno en verano, le desgarró el formal vestido de seda de Chanel y ella sintió el calor del cuerpo desnudo de él contra el suyo.

Incluso un año y medio después, el recuerdo de él haciéndole el amor entre las rosas era tan intenso como si hubiera sucedido una hora antes.

Ella se había dicho a sí misma que le había borrado de su memoria. Pero, ¿cómo podía haberlo hecho cuando cada mañana se encontraba con los mismos ojos brillantes en el adorable rostro de su hija?

Ruby.

¿Qué ocurriría si él se enteraba? Le invadió el miedo. Después de casi nueve meses de embarazo y otros nueve tras el nacimiento de su hija, ella había creído que se hallaban a salvo. Que Roark nunca regresaría a Nueva York. Él nunca se enteraría de que ella había tenido una hija suya.

Toda la sociedad creía que Ruby era la hija póstuma del conde, un milagro nacido nueve meses después de su fallecimiento. Ella no podía deshonrar la memoria de Giovanni ni proporcionar al hombre al que odiaba razones para interferir en sus vidas.

–Estás más hermosa que nunca –dijo él.

–Te odio –contestó ella y le dio la espalda.

Ella oyó una risa sensual en voz baja a modo de respuesta y se estremeció.

¿Qué estaba haciendo él allí? ¿Cuánto se quedaría?

«Sólo está aquí por la boda», se dijo. «No está aquí por mí».

Pero aquella manera en que la había mirado...

Había sido como un vikingo contemplando un tesoro largo tiempo perseguido y que había acudido a rescatar. La había mirado como si tuviera intención de poseerla. De hacerla gemir y retorcerse bajo él una y otra vez hasta que ella gritara por la intensidad de su placer indeseado...

La arpista comenzó a tocar la marcha nupcial y los invitados se pusieron en pie y giraron la cabeza para ver a la novia recorriendo el pasillo.

A Lia le temblaron las piernas al levantarse. Emily estaba radiante con su vestido de tul blanco con velo, caminando del brazo de su padre. Ambos sonreían abiertamente.

Durante los últimos dos años, Emily Saunders había sido más que la secretaria de la fundación para el parque: se había convertido en una buena amiga.

Pero incluso mientras sonreía a Emily, Lia no pudo dejar de advertir la presencia de Roark tras ella. Su calidez. Su fuego.

Nada más que el banco de madera le separaba de

él. Podría haberle tocado con sólo haber elevado unos centímetros la mano. Pero no necesitaba tocarlo para sentirle con todo su cuerpo.

Percibió su cercanía de nuevo al sentarse en el banco junto a Andrew; mientras el oficiante celebraba la boda; y cuando los novios se besaron y salieron felices de la catedral.

Al verlos marcharse y comenzar su nueva vida juntos, Lia sintió una repentina punzada de dolor en el corazón.

Se alegraba profundamente por Emily. Pero aquel amor sólo aumentaba su sensación de soledad. Ella quería amar así. Quería que su preciosa hija tuviera la familia que se merecía, un hogar y un padre amorosos.

«Mejor no tener padre que un bastardo de corazón de hielo como Roark Navarre», se dijo a sí misma con fiereza. ¿Qué haría él si descubría que ella había tenido una hija suya? ¿Exigiría pasar tiempo con Ruby, entrometiéndose en sus vidas? ¿Usaría la custodia de su preciosa hija como un arma contra ella? ¿Presentaría a la pequeña a su interminable sucesión de novias y amantes?

Él ya había destruido a sus padres y su hermana, pensó Lia. Ella no le daría la oportunidad de destruir también la vida de su bebé. No podía permitir que él conociera la existencia de Ruby. ¡Especialmente porque él sabría que no podía ser hija de Giovanni!

Andrew tomó a Lia de la mano y la condujo por el pasillo hacia el exterior de la catedral. Ella vio a Roark y una repentina cobardía se apoderó de ella, haciéndola esconderse tras la delgada figura de Andrew.

Roark se detuvo delante de ellos. Sus ojos oscuros pasaron por encima de Andrew y se fijaron en los de Lia.

—Te acompañaré al banquete, Lia.

—Aparta, Navarre —dijo Andrew—. ¿No ves que está conmigo?

—¿Es eso cierto? —preguntó Roark sin desviar la mirada de ella—. ¿Estás con él?

Ella llevaba varios meses saliendo con Andrew y todo lo que él había hecho había sido besarle la mano y la mejilla. Había deseado más, pero ella no se lo había permitido. Ella había mantenido la esperanza de que algún día querría que él la besara, de que sentiría algo de pasión. Ella sabía que él sería un buen esposo. Un buen padre. Exactamente lo que Ruby necesitaba.

Pero no tan exactamente.

Lia tragó saliva.

—Sí, estoy con Andrew —dijo agarrando la mano de su acompañante con más fuerza—. Así que, si nos disculpas...

Para su sorpresa, Roark los dejó marchar. Pero ella acababa de recuperar el aliento en el banquete celebrado en el hotel Cavanaugh cuando vio que él la observaba desde el otro extremo del salón de baile. El mismo salón de baile decorado con las mismas luces blancas, aunque al ser Navidad la decoración consistía en *poinsettias* rojas y árboles de Navidad. Ella tomó a Andrew de la mano cuando los recién casados hicieron su entrada en la sala; se sentó con él durante la cena; le apretó la mano suavemente cuando Emily y Nathan compartieron su primer baile como marido y mujer.

Y lo único en lo que Lia pudo pensar durante todo el tiempo fue en la anterior vez que había estado en aquel salón de baile. El hombre que la había besado... y que estaba de nuevo allí.

«No debería agarrarme a Andrew así», se regañó. No, cuando no podía dejar de pensar en el peligroso hombre que no dejaba de mirarla. El hombre a quien ella odiaba.

El hombre a quien deseaba desesperadamente.

–¿Bailamos? –le invitó Andrew.

Lia casi dio un respingo. A pesar de que tenía agarrada su mano, casi se había olvidado de que Andrew se hallaba a su lado. Temiendo que su voz la delataría, asintió y se dejó conducir por él a la pista de baile.

En todo momento sintió que Roark la miraba. Que la deseaba. Que pretendía poseerla.

La orquesta comenzó a tocar una nueva canción y a Lia le dio un vuelco el corazón al reconocer el comienzo de *At Last*, la misma canción que Roark y ella habían bailado juntos durante el baile benéfico. La canción que sonaba cuando Roark la había besado delante de todo el mundo.

¿Cuántos hombres habrían sido tan descarados y tan implacables de desear a una mujer y besarla sin más?

Sintió a Roark comiéndosela con la mirada desde el borde de la pista y supo que él también estaba recordando. Se ruborizó. Y se detuvo en mitad del resto de parejas danzantes.

–¿Qué ocurre, Lia? –preguntó Andrew preocupado–. No tienes buen aspecto.

Ella se apartó. Todo era muy confuso.

–Tan sólo me siento un poco mareada –susurró ella tiritando–. Necesito un poco de aire.

–Iré contigo.

–No, gracias. Necesito un minuto... a solas.

Se giró y echó a correr, desesperada por alejarse de aquel salón y del hotel lo suficiente para poder oxigenarse un poco. Necesitaba que el aire helado enfriara sus ardientes mejillas y congelara su enardecido corazón hasta como estaba antes de que Roark regresara a Nueva York.

Pero sólo había recorrido medio pasillo cuando Roark la alcanzó, la metió en un armario de la limpieza y cerró la puerta de un portazo, aislándolos del mundo en la oscuridad.

–Roark, no podemos... –dijo ella entrecortadamente.

–¿Te has acostado con él? –inquirió él secamente.

–¿Con quién?

–Con ese hombre –respondió él con dureza–. Y con todos los otros que babean por ti. ¿Con cuántos hombres te has acostado desde que te dejé?

Ella se puso rígida.

–Eso no es asunto tuyo.

–¡Respóndeme! –le exigió él agarrándola por los hombros hasta hacerle daño–. ¿Te has entregado a algún otro hombre?

–¡No! –gritó ella intentando soltarse–. Pero desearía haberlo hecho. Desearía haberme acostado con un centenar de hombres para borrar el recuerdo de tus caricias sobre mi cuerpo.

Él la atrajo hacia sí y la besó, duro e implacable. Sus manos se deslizaron por el vestido de seda de ella, acariciándole la espalda al tiempo que apretaba sus senos contra el pecho de él.

A ella le cosquilleó la piel donde él la rozaba. Y se le escapó un suave gemido conforme se derretía en brazos de él.

Capítulo 9

HABÍA deseado ella tanto a alguien alguna vez? ¿Había deseado tanto algo en su vida? Conforme él la besaba con insaciable fervor, Lia quiso más. Lo abrazó por el cuello y lo apretó contra sí y él respondió jugueteando con su lengua y besándola más profundamente. Ella sintió la fuerza del cuerpo de él en aquella oscuridad y se sintió flotar. Lo deseaba tanto que se moriría si él dejara de besarla en aquel momento...

–No puedo soportarlo, Lia –le susurró él al oído–. No puedo soportar estar sin ti.

Ella sentía sus senos duros, con los pezones erectos contra el pecho de él. Cada leve movimiento de él provocaba una nueva explosión de placer en sus senos y su entrepierna. Advirtió que él estaba preparado para ella. Cerró los ojos y se rozó con él.

Era como si ella llevara dormida toda su vida, esperando aquello. Su cuerpo entero estaba explotando como una hoguera.

Llevaba esperando a Roark desde que había nacido.

–Dime que eres mía –dijo él con voz ronca–. Sólo mía.

Lia abrió los ojos. ¿Qué demonios estaba haciendo en brazos de Roark? ¿Cómo estaba permitiéndole que la tocara, que la besara encerrados en un armario de la limpieza? ¿Había perdido la cabeza? ¡Andrew estaba esperándola en el banquete de bodas al final del pasillo!

–¡Suéltame! –gritó esforzándose por soltarse–. No te deseo.

Él la obligó a callar con un beso hambriento. Cuanto más trataba ella de resistirse, más fuerza empleaba él para convencerla. Hasta que el odio de ella se transformó en una fiera pasión y una necesidad mutua. Lo abrazó por la espalda y lo besó con toda la ira y nostalgia acumuladas durante los últimos dieciocho meses.

–Te odio –le susurró ella–. Te odio tanto...

–Estoy cansado de desearte. Cansado de ansiar lo que no puedo tener –murmuró él en la oscuridad–. He pasado el último año y medio intentando olvidar tu cuerpo junto al mío. Ódiame cuanto quieras, pero voy a poseerte igualmente.

Le besó lentamente el cuello al tiempo que movía las manos sobre sus senos cubiertos por el sedoso vestido.

Entonces ella advirtió que él se arrodillaba ante ella. Durante un instante no la tocó y ella se sintió a la deriva en la oscuridad. Y de pronto las manos de él comenzaron a moverse lentamente sobre sus muslos desnudos.

Ella se estremeció.

–Roark... ¿qué estás...?

Él le hizo callar y le acarició los muslos hasta llegar a la cadera. Recorrió el borde de sus bragas de seda con un dedo. Le levantó la falda del vestido. Y ella sintió el cálido aliento de él en su entrepierna.

–¡Roark! –exclamó ella ahogadamente.

Él comenzó a besar y lamer sus muslos. Luego sus

besos ascendieron. Acercó su mano a las bragas de ella y acarició su húmeda entrepierna. La besó a través del tejido y lo apartó suavemente con los dientes.

Ella contuvo el aliento. Él le bajó las bragas y la acarició con los dedos hasta que ella estuvo empapada.

Y entonces la saboreó por primera vez.

Ella ahogó un grito y se arqueó contra la pared del armario. Se agarró fuertemente a los hombros de él.

–No puedes... no debemos...

Pero él no escuchó. No se detuvo.

Sujetándola con firmeza, le hizo separar las piernas, se puso la rodilla de ella sobre el hombro y la apoyó contra la pared. Ella sintió el aliento de él entre sus piernas y jadeó a la vez que temblaba.

–No –gimoteó, aunque involuntariamente se arqueaba para acoger la boca de él.

Él se inclinó hacia adelante y la saboreó largamente al tiempo que introducía un dedo en su interior. Ella se revolvió contra la pared, sacudiendo la cabeza de lado a lado, mientras él la sujetaba con fuerza.

–Eres tan dulce como el azúcar –susurró él y le dio un largo lametón.

Ella ahogó un grito, pero él no la soltó.

El placer se apoderó de ella, endureciéndole los pezones. Él le apretó con cierta fuerza un seno mientras con la otra mano introducía dos dedos dentro de ella y jugueteaba con la lengua sobre su botón más sensible, dejándola empapada mientras se retorcía gimoteando por un descanso.

–No más, por favor... –lloriqueó ella.

–Di que eres mía –susurró él.

Ella sintió que introducía otro dedo más en su interior, encendiéndola más fuerte y rápidamente con su lengua hasta que ella entrelazó sus manos en el cabello de él, apretándolo contra sí.

–Soy tuya... –gimoteó ella.

Él lamió, chupó y se introdujo en su interior. Ella echó la cabeza hacia atrás y soltó un grito final conforme la oscuridad que la rodeaba se tornaba de pronto en vibrantes colores.

–¿Lia? –preguntó una voz temblorosa de hombre–. ¿Estás ahí dentro?

Mientras ella intentaba recuperar el aliento y el control sobre sus sentidos enloquecidos, vio con horror que la puerta del armario comenzaba a abrirse.

Se bajó de los hombros de Roark y se recompuso el vestido. Y parpadeó ante la brillante luz al ver a Andrew en la puerta del armario.

–¿Lia? –dijo él y miró anonadado a Roark–. ¿Y usted qué está haciendo aquí?

–He vuelto a robarle el baile –respondió él fríamente.

Lia, acongojada, dio un paso adelante.

–No tenía intención de que esto sucediera, Andrew. Lo siento mucho. Perdóname.

Vio que él parpadeaba y tomaba aire profundamente.

–Yo sólo quiero que seas feliz, Lia. Pero ahora veo que nunca serás feliz conmigo –afirmó y tragó saliva–. Adiós, Lia. Buena suerte. Espero que encuentres lo que estás buscando.

Lia le vio alejarse horrorizada.

–Dios mío, ¿qué he hecho? –susurró.

–Era inevitable –aseguró Roark abrazándola por la cintura y haciéndole girar hasta tenerla frente a él–. Es mejor para él que sepa la verdad.

–¿Qué verdad? ¿Te refieres a que no tengo ningún autocontrol? –replicó ella con una amarga carcajada.

Sacudió la cabeza. Le dolía todo el cuerpo por la vergüenza de lo que acababa de hacer. Lo que había permitido que Roark le hiciera.

–¿Por qué continúas haciéndome esto? ¿Por qué te lo permito?

Él le acarició la mejilla y le habló con voz grave, llena de fuerza.

–Te diré por qué: porque quieres pertenecerme.

Capítulo 10

LAS PALABRAS de Roark todavía rondaban a Lia a la mañana siguiente mientras se vestía para ir a trabajar. Lia se miró en el espejo de su dormitorio elegante y solitario. Sólo recordar lo que él le había hecho la noche anterior hizo que le temblaran las manos conforme se abrochaba su chaqueta de Armani. Llevaba el cabello recogido en un lustroso moño y, con su traje negro, medias oscuras y botas de tacón parecía una mujer de negocios muy capaz a punto de salir hacia su trabajo.

Sólo las ojeras la delataban.

No había dormido en toda la noche. Había salido del armario de la limpieza como si le persiguieran los demonios. Se había marchado de la boda sin ni siquiera despedirse de Emily y había detenido un taxi con el mismo pánico que en el baile de dieciocho meses antes.

¿Qué tenía ese Roark Navarre que la convertía en una cobarde así?

–Sí, una cobarde –dijo acusadoramente a la mujer aparentemente serena del espejo–. Un fraude total.

Todavía podía sentir las manos de Roark sobre su cuerpo. Todavía podía sentir su aliento y la fuerza posesiva de su lengua. Lia se miró el rostro: se había ruborizado.

Odiaba a ese hombre.

Pero eso no le impedía desearlo. ¿Cuál era su problema? Sabiendo lo que él le había hecho a su familia, conociendo el tipo de hombre que era, ¿cómo era posible que lo deseara? No poseía ningún autocontrol en lo relativo a él.

Menos mal que nunca volvería a verlo. Ya que Emily y Nathan se dirigían a su luna de miel en el Caribe, Roark regresaría a Asia. Seguramente en aquel momento estaría sobrevolando el Pacífico en su avión privado hacia algún país remoto, para no volver jamás. Así, ella no se vería tentada de nuevo por el hombre más egoísta, arrogante y devastador que había conocido.

Y él nunca sabría que ella tenía una hija suya.

Se masajeó las sienes. Él no debía enterarse nunca. Y la única forma de asegurarse de ello era mantenerse alejada de él. Lia ya no confiaba en sí misma cuando se encontraba cerca de él, perdía el sentido común. Ya le había entregado su cuerpo, ¿qué impediría que también le desvelara sus secretos? Sólo de pensar en la forma en que él le había quitado las bragas en el interior del armario la noche anterior, elevado su muslo y lamido y penetrado con su lengua...

Se estremeció y apretó los puños. Había sido débil. Y como resultado había herido al pobre Andrew. Ella le había enviado una nota disculpándose. Se daba cuenta de que su relación nunca habría funcionado, pero la idea de cómo había terminado todavía la hacía ruborizarse de vergüenza.

Oyó al bebé reírse en la cocina, en el piso inferior. A pesar de todo, el corazón se le alegró con aquel sonido. Bajó corriendo y encontró a Ruby disfrutando del desayuno en su trona. La niñera estaba sacando los platos del friegaplatos mientras hacía muecas a la niña para que se riera.

–Buenos días, señora O'Keefe.

–Buenos días, condesa –contestó la regordeta mujer con acento irlandés.

–Y buenos días a ti también, Ruby –dijo Lia limpiándole las mejillas de comida con ternura–. ¿Qué tal el desayuno esta mañana?

Ruby rió feliz agitando su cuchara.

Lia la besó en la frente, presa de una ola de amor. Como siempre, odiaba la idea de apartarse de su hija aunque fueran unas pocas horas. Aunque se debiera a una buena causa.

–No se preocupe por ella, querida –dijo la señora O'Keefe con una sonrisa.

La mujer, viuda, había cuidado de ella desde antes de que naciera Ruby y se ocupaba de la gestión de la casa como si fueran su hija y su nieta.

–Pasaremos una mañana estupenda leyendo cuentos y jugando, luego hará la siesta matutina. Usted no estará fuera mucho tiempo. Ella no tendrá tiempo de echarla de menos.

–Lo sé –dijo Lia como atontada.

Ruby estaría bien. Era ella quien siempre lo pasaba mal lejos de su pequeña.

–Es sólo que ya me aparté de ella anoche durante la boda...

La señora O'Keefe le dio unas palmaditas en el hombro.

–Me alegro de que saliera por ahí. Ya era hora, creo yo. Su marido fue un buen hombre. Yo también lamenté perder al mío. Pero usted ya ha llorado su pérdida durante suficiente tiempo. Al conde no le gustaría verla así. Usted es una mujer joven y hermosa con una hija adorable. Se merece salir una noche a divertirse.

¿A divertirse? Lia recordó a Roark separándole las piernas, su cálido aliento sobre sus muslos, su lengua saboreándola. Un estremecimiento le recorrió el cuerpo mientras intentaba apartar ese pensamiento. «Se acabó», se dijo con desesperación. «Él se ha marchado. Nunca volveré a verlo».

Pero no podía dejar de temblar.

Había pasado diez años siendo fiel a Giovanni en un matrimonio convenido. Fallecido él, ella había descubierto que estaba embarazada de Roark y no había tenido la oportunidad, ni tampoco la inclinación, de acostarse con nadie más. Tenía veintinueve años y sólo había tenido una experiencia sexual en toda su vida. Sólo un amante. Roark. No le extrañaba que él ejerciera tanto poder sobre ella.

Lia se puso su abrigo blanco con manos temblorosas. Aunque lo odiaba, no podía resistirse a él. Aquel fuego por él llevaba ardiendo en su interior durante demasiado tiempo, sin ser avivado, pero con las brasas aún calientes bajo las cenizas.

Su única esperanza era que no lo vería más.

Lia se puso sus guantes y bufanda y abrazó a su deliciosa pequeña.

—Estaré de regreso antes de mediodía.

—No tenga prisa, cielo —dijo la señora O'Keefe plácidamente—. Seguramente ella dormirá hasta las dos.

Lia agarró su bolso de Chanel, dio un beso de despedida a su hija, tomó aire profundamente y se marchó. Al salir del edificio contempló los acres de espacio vacío al otro lado de la calle.

Ella había comprado aquella casa el año pasado

motivada por su emplazamiento. Nadie había comprendido por qué ella querría vivir en el Far West Side de Manhattan, lejos del más exclusivo barrio del Upper East Side donde habitaban la mayoría de sus amigos. Pero aquél era el único lugar de la ciudad en el que se sentía como en casa.

El parque aún no terminado de su hermana se hallaba cruzando la calle, ofreciendo el silencio del invierno en la radiante mañana nevada. Los raíles y viejos almacenes habían sido eliminados. El parque esperaba la llegada de la primavera cuando la tierra helada bajo la nieve se ablandaría y podrían plantarse césped, flores y árboles. El acto benéfico del día de San Valentín costearía gran parte de eso.

–Buenos días.

Ella casi saltó del susto al ver a Roark al pie de las escaleras de su casa. Fue como ver a un fantasma. Ella ya se había hecho a la idea de que él se encontraría muy lejos de allí.

Tragó saliva.

–¿Qué estás haciendo aquí?

Los ojos de él brillaron al mirarla y ella sintió que el corazón se le aceleraba y se ruborizaba. Él la encendía por completo.

–Estaba esperándote.

Él subió los escalones y le tomó la mano. Incluso a través de los guantes ella sintió cómo el tacto de él la abrasaba.

–¿No regresabas a Asia? –murmuró ella.

Él la recorrió con mirada hambrienta.

–No hasta esta tarde.

Ella estaba tan segura de que él se habría marchado... Pero en aquel momento, con su mano sujeta por la de él, lo único en lo que podía pensar era en lo mucho que se alegraba de verlo y lo embriagador que era estar cerca de él de nuevo.

Entonces se acordó de Ruby. Tenía que llevarse a Roark de allí.

–Debo irme a trabajar –dijo ella soltándose y bajando rápidamente los escalones.

–No sabía que trabajabas.

–Sigo recaudando fondos para el parque –explicó ella deteniéndose en la acera y mirando a ambos lados de la calle desierta–. No es tan fácil como podrías pensar.

–Estoy seguro –dijo Roark con cierto tono de diversión–. ¿Qué haces? ¿Mirar antes de cruzar la calle?

–Espero a que pase un taxi –respondió ella molesta.

–Nunca conseguirás un taxi a estas horas de la mañana. ¿Dónde está tu chófer?

–Era un gasto innecesario. Prescindí de él cuando tuve...

«Cuando tuve el bebé».

Ella tosió, sonrojándose.

–Últimamente trabajo más desde casa.

–Yo puedo ayudar –dijo Roark señalando el Rolls-Royce negro que esperaba a una discreta distancia–. Mi chófer puede llevarte a donde necesites.

Ella apretó los dientes.

–Yo no soy uno de tus ligues, Roark, esperando a que los ayudes. Puedo conseguir mi propio taxi.

Él levantó las manos, rindiéndose.

–Adelante.

Ella miró a un lado y otro de la calle desierta. Pasaron algunos coches. Hizo señas a varios taxis que pasaron, pero ya llevaban pasajero. Y advirtió la diversión de Roark. Lo miró con el ceño fruncido y rebuscó en su bolso. Él le hizo detenerse.

—Deja que te acerque.

Ella se detuvo mientras el calor la invadía con aquel simple roce. ¿Por qué él tenía aquel efecto sobre ella?

—¿Me llevarás directamente al trabajo?

—Sí, lo prometo —afirmó él acariciando un mechón de pelo que había escapado del moño—. En cuanto desayunemos.

¿Desayunar? ¿Era ésa una metáfora para un acto sexual ardiente y feroz? Lia se humedeció los labios.

—No tengo hambre.

Él le dirigió una sonrisa que le hizo estremecerse.

—Creo que mientes.

Ella contuvo el aliento mientras intentaba recuperar el control.

—Ya te lo he dicho, necesito ir a trabajar.

—Y yo te acercaré. Después del desayuno.

—¿Te refieres a un desayuno en un restaurante? ¿Con comida?

—Así suelen ser los desayunos —dijo él con un brillo travieso en la mirada, como si supiera lo que ella estaba pensando, e hizo una seña hacia la casa—. A menos que quieras invitarme a entrar.

Él deslizó un dedo en la muñeca bajo el guante, encendiendo a Lia.

—Prefiero la idea de que tú me prepares algo.

Ella tragó saliva y miró hacia su casa, donde su hija estaba jugando con la señora O'Keefe. En cualquier momento la viuda podría salir con Ruby para su paseo matutino. ¡Tenía que llevarse a Roark de allí!

Se giró hacia él bruscamente, soltándose.

–Si te preparara el desayuno, le echaría kilos de sal.

Él le acarició la barbilla con suavidad.

–No lo dices en serio.

–¡Considérate afortunado si no es matarratas!

Él sonrió ampliamente.

–Eres toda una mujer, Lia.

–Y tú eres una rata. Ni se te ocurra meterme a empujones en otro armario de la limpieza.

–No más armarios, lo juro.

Pero mientras ella exhalaba aliviada, él terminó con voz grave:

–La próxima vez que te posea, Lia, será en mi cama.

Capítulo 11

LIA ACABÓ su fragante café con abundante crema y azúcar servido en una taza con decoraciones en oro de veinticuatro kilates. El dueño del exclusivo local francés se disponía a rellenar la taza, pero ella la tapó con una mano.

–Gracias, Pierre, es suficiente para mí.

–*Oui, madame* –respondió el hombre–. Hemos echado de menos a *mademoiselle* Ruby hoy. ¿Se encuentra bien?

A Lia casi se le atragantó el café. Sintió la mirada de Roark sobre ella.

–Se encuentra muy bien. Simplemente hoy no ha podido venir.

–Me alegro de oírlo, *madame* –dijo el hostelero y, tras una reverencia, se retiró.

–¿Quién es Ruby? –inquirió Roark.

A Lia le castañetearon los dientes. Cuando Roark le había dado a elegir el lugar para desayunar, ella había escogido su restaurante preferido. Había creído que así se sentiría lo suficientemente tranquila y fuerte para poder hacerle frente.

¿Cómo no había pensado en que Pierre les servía el *brunch* a Ruby y a ella todos los domingos? Él adoraba a la pequeña. Siempre le regalaba figuras hechas con servilletas.

Nerviosa, Lia se metió en la boca lo que le quedaba de gofre.

–Ruby es una amiga –farfulló.

Una buena amiga, de hecho. Su joya más preciada, el bebé más bonito del mundo, que acababa de aprender a gatear.

Lia se tragó el gofre y se puso en pie tan rápidamente que la servilleta se le cayó al suelo.

–Ya he terminado. Marchémonos.

Casi esperaba que Roark insistiera en que se quedaran allí. O aún peor: que la rodeara con sus brazos y la llevara a una habitación de hotel. Pero él no lo hizo. Tan sólo pagó la cuenta, tomó a Lia de la mano y la acompañó adonde su chófer les esperaba.

Conforme el Rolls-Royce discurría lentamente entre el tráfico matutino, ella comenzó a respirar con normalidad de nuevo. ¿Realmente iba a ser tan fácil? ¿Milagrosamente, él la dejaría en paz, tal y como había prometido?

–Es aquí –anunció ella al conductor, aliviada al ver el edificio decimonónico donde se encontraba su pequeña oficina en el West Side.

¡Lo había conseguido!

–Adiós, Roark –se despidió, al tiempo que abría la puerta–. Gracias por el desayuno. Buena suerte en Asia.

–Espera –dijo él agarrándole la muñeca.

Ella inspiró hondo, medio temblando, y se giró hacia él.

–Invítame a entrar –le pidió él.

–¿A mi oficina? ¿Para qué?

Él le dirigió una sonrisa traviesa que la encendió a pesar del clima helado.

–Quiero ayudarte.

–¿Ayudarme? ¿Cómo? –susurró ella.

–Quiero hacer una donación para tu parque.

¿El mismo parque que él se había esforzado en destruir? ¡Qué cara más dura! La ira se apoderó de ella.

—¡Mentiroso bastardo! —le espetó—. ¿Realmente me consideras tan estúpida que creo que quieres ayudarme?

Él resopló y esbozó una medio sonrisa.

—Ahora entiendo por qué no te está resultando fácil recaudar fondos.

—A los auténticos donantes no les hablo así, como comprenderás. ¡Pero tú no hablas en serio!

Él clavó la mirada en la de ella sin asomo de sonrisa.

—¿Qué necesitarías para convencerte de que sí hablo en serio?

Ella se mordisqueó un labio. Necesitaba fondos para el parque. Aún les faltaban veinte millones y sería un milagro si ella conseguía reunir esa cantidad para marzo, cuando se decidiría la empresa que se ocuparía de llevar a cabo el proyecto.

Pero más importante que conseguir dinero para el parque era que Roark se marchara de Nueva York antes de que descubriera que ella tenía una hija suya.

Por supuesto que podía rechazarle. Pero cada vez que había escapado de él sólo había conseguido que él la persiguiera con más ahínco.

¿Y si ella no salía corriendo? ¿Y si, al contrario, le daba exactamente lo que él quería? ¿Acaso no perdería el interés? La única razón por la cual él continuaba persiguiéndola era porque ella se le resistía. Acostumbrado a que todas las mujeres se rindieran a sus pies, su odio debía de resultarle una intrigante novedad.

Pero si ella hubiera querido ser su novia, Roark habría puesto pies en polvorosa al instante. Lanzarse en sus brazos sería la manera más fácil de librarse de él. Pero esa idea la aterrorizaba. No podía hacerlo. Tendría entonces que aplacar las sospechas de él, aceptar su dinero y rezar para que se marchara, decidió.

–De acuerdo –dijo ella–. Puedes entrar en mi oficina el tiempo necesario para extender tu cheque.

–Muy generoso por tu parte –comentó él saliendo del Rolls-Royce.

Ambos subieron a la tercera planta, que Lia había alquilado para su fundación. Albergaba dos despachos, uno para Emily y otro para Lia, y una recepción con sala de espera.

Sarah, la recepcionista, se quedó sin aliento cuando vio a Roark. Él le sonrió con desenfado y Lia pudo ver el efecto que provocaba en la joven, como si no hubiera visto un hombre en su vida. Por alguna razón, eso incomodó a Lia.

–Buenos días, Sara –saludó–. ¿Tienes la lista preliminar?

Transcurrieron unos segundos hasta que la recepcionista advirtió su presencia.

–¿Cómo? Sí que la tengo, Lia. Aquí está.

–Éste es Roark Navarre –anunció Lia antes de encaminarse a su despacho con la lista en la mano–. Ha venido a extender un cheque, luego se marchará.

–Hola, señor Navarre –saludó Sarah con una risa tonta.

Lia quiso abofetearla. Sarah Wood tenía una carrera universitaria en Económicas por Barnard, pero con una simple sonrisa de Roark se había transformado en una tonta babeante.

–¿Necesita un bolígrafo?

–No, gracias, señorita...

–Llámeme Sarah –dijo la guaba rubia con un suspiro.

–No, gracias, Sarah. He visto un bolígrafo un poco más allá.

Lia entró en su despacho y tiró su abrigo, bufanda y guantes sobre el sofá de cuero. Se obligó a desviar su atención de Roark y Sarah y leer los nombres de la lista. Para empezar, tenía que llamar a la señora Van Deusen y la señora Olmstead; las dos expertas en sociedad se ofenderían si no lo hacía.

Oyó a Sarah reír tontamente de nuevo. Lia rechinó los dientes y sujetó sus papeles con más fuerza. Si oía a Sarah tontear una vez más con Roark, ¡no se haría responsable de las consecuencias!

–¿Por qué tienes un parque para bebés aquí?

Lia se giró de un respingo y vio a Roark en su puerta observando el parque en una esquina de la habitación. ¡Maldición! Antes de aprender a gatear, Ruby había desarrollado un intenso rechazo a estar confinada y Lia se la había llevado a la oficina algunas horas a la semana. Había olvidado que el parque seguía allí, ¡y lleno de juguetes!

Roark entró en el despacho y observó todo con curiosidad.

–¿Es para Emily? Desde luego, no pierdes el tiempo. Ayer descubrieron que ella está embarazada.

Lia se enjugó el sudor de la frente.

–¿Emily? Sí, claro, es para su bebé.

Y no era mentira, ya que el lujoso y apenas usado parque sería trasladado al despacho adyacente una vez que Emily regresara de su baja por maternidad. Si regresaba. Si no decidía quedarse de ama de casa y madre en su encantador hogar en Connecticut con un marido que la amaba y cuidando de su numerosa familia...

−¿Lia?

Ella parpadeó mientras aquellos pensamientos se evaporaban.

−¿Qué?

Él sostenía la chequera en una mano.

−¿Cuánto necesitas?

−¿Para qué?

−Para el parque.

Ella lo miró de hito en hito.

−¡Cierto! −exclamó e inspiró hondo−. Nuestro próximo acto para recaudar fondos es un baile de disfraces el día de San Valentín. Tú ya no estarás en Nueva York, por supuesto.

«Y menos mal», pensó ella.

−Pero si quieres comprar una entrada y donar tu asiento, serían mil dólares. O si quisieras patrocinar una mesa entera...

−No lo has entendido −la interrumpió él posando sus manos sobre los hombros de ella−. ¿Cuánto necesitarías para terminar con ésta actividad de recaudar fondos?

−¿A qué te refieres?

−¿Qué cantidad cubriría lo que falta?

Ella negó con la cabeza.

−Pero a ti no te importa este parque. Me lo dijiste tú mismo. Dijiste que los niños te daban igual.

−Y así es.

−Entonces, ¿por qué lo haces?

−Tú simplemente dime lo que necesitas para ser libre. Dame una cifra.

Ella se humedeció los labios, repentinamente secos.

−¿Estás intentando comprarme, Roark?

−¿Funcionaría?

Ella tragó saliva.

–No.

–Entonces parece que no me queda otra alternativa que ser honesto –dijo él y le acarició la mejilla–. Quiero que te marches de Nueva York. Conmigo.

¿Marcharse... con él? Lia notó que se le disparaba el corazón.

–¿Y por qué querría yo hacer eso?

–Estoy cansado de intentar olvidarte, Lia –admitió él suavemente–. Cansado de perseguirte en sueños. Te quiero a mi lado. Y ya que yo no puedo quedarme, debes venir tú.

–Eso es una locura, Roark. Nosotros no nos soportamos...

Él la hizo callar con un beso al tiempo que la apretaba fuertemente contra sí. Lia sintió que el suelo se movía bajo sus pies. Cuando él se retiró por fin, ella estaba tan mareada que lo único que sabía era que quería seguir para siempre en brazos de él.

¿Seguir para siempre en brazos de él? ¿Qué demonios le ocurría?, se reprendió. ¡Ella odiaba a Roark! Él había destruido a su familia. ¿Iba a darle la oportunidad de que arruinara también la vida de su bebé? ¿Dónde estaba su lealtad? ¿Y su sentido común?

Además, si él descubría la existencia del bebé, nunca la perdonaría. Tal vez incluso intentara quitarle a Ruby.

–No, gracias –dijo ella poniéndose rígida y dando un paso atrás para crear distancia–. No me interesa viajar contigo. Me gusta estar en mi casa. Y, por si lo has olvidado, tú y yo no tenemos nada en común excepto una rosaleda y un armario de la limpieza.

–Lia...

–Márchate, Roark –insistió ella dándole la espalda a pesar de que el corazón le dolía de nostalgia–. Mi respuesta es no.

Él se quedó de pie en silencio unos instantes y luego dio media vuelta y salió. Lia le oyó hablar con Sarah, quien sin duda habría seguido su conversación con detalle. Lia se ruborizó. ¡Seguramente había oído que Roark la había besado!

Oyó que él empleaba su voz más seductora.

–Sarah, ¿cuánto dinero necesita tu jefa para terminar el parque Olivia Hawthorne?

–Unos veinte millones –respondió la joven cautelosamente–. Diez para crear los jardines y otros diez como capital para el mantenimiento futuro al que nos hemos comprometido.

–Me gustaría mucho ver el parque –anunció Roark–. Si alguien me lo enseñara, estaría deseando donar veinte millones de dólares para cubrir todos los gastos. Por el bien de la infancia de Nueva York.

Lia sintió los ojos de él sobre ella y se ruborizó. Él continuó suavemente:

–Sólo necesito a alguien que me enseñe lo que estoy sufragando. Y tal vez que coma conmigo. Veinte millones de dólares por comer y un paseo. ¿Te parece un buen trato, Sarah?

La joven casi se cayó de su asiento.

–Voy por mi abrigo –farfulló la chica–. Se lo enseñaré todo, señor Navarre. Le serviré personalmente la comida. Incluso si me ocupa toda la noche... todo el día, quiero decir.

De pronto Lia explotó de irritación aunque no sabía exactamente por qué. Permitir que Sarah acompañara a Roark en su lugar habría sido la solución perfecta a la evidente manipulación de él. Aun así, no podía permitirlo.

Y no porque tuviera celos, se dijo a sí misma. Tan sólo quería asegurarse de que él pagaba los veinte millones de dólares.

–Gracias, Sarah, ya me ocupo yo –anunció Lia agarrando su abrigo y su bolso y sonriendo forzadamente a Roark–. Estaré encantada de enseñarte el parque.

–Me halagas.

–Por veinte millones de dólares comería hasta con el diablo.

Mientras Sarah suspiraba, obviamente decepcionada, Roark dirigió una sonrisa posesiva a Lia y ella supo que él se había salido con la suya.

–No voy a convertirme en tu amante, Roark –susurró ella cuando salieron del edificio–. Te daré una vuelta por el parque. Incluso te invitaré a comer. Pero para mí no eres más que un montón de dinero. Te miro y veo columpios y juegos para niños, nada más.

–Aprecio tu sinceridad –dijo él y le hizo detenerse–. Déjame devolverte el favor.

Sonrió y se frotó la nuca de abundante cabello negro. Ella recordaba su tacto sedoso la noche anterior cuando él había hundido su cabeza entre sus piernas. Se ruborizó.

Él la miró. Entonces ella no vio a los transeúntes, ni oyó el claxon de los coches que pasaban. No vio más que el hermoso rostro de él.

Empezaba a nevar.

–Tengo todo lo que siempre he deseado –comenzó él–: dinero, poder, libertad. He conseguido todo lo que un hombre podría desear. Excepto una cosa. Un sueño que no cesa de escaparse entre mis dedos. Y esta vez no voy a permitir que se me escape.

—¿El qué? —susurró ella.

—¿No lo sabes?

Tomó el rostro de ella entre sus manos y la miró con tal intensidad que casi le partió el corazón.

—Tú, Lia.

Capítulo 12

LOS COPOS de nieve brillaban como diamantes bajo el sol mientras Roark contemplaba el amplio campo blanco junto a Lia. No la había tocado en el camino en coche desde su oficina. No habían intercambiado palabra desde que él le había dicho que la deseaba.

En aquel momento, él tenía las manos metidas en los bolsillos de su abrigo negro de lana para contenerse de atraerla hacia sí y besarla. Pero la luminosidad de la nieve y del cielo azul cincelaban su rostro bronceado, su nariz recta y sus pómulos marcados.

Cada vez que Lia lo miraba se encontraba con los ojos de él y se le aceleraba el pulso. Pero él no la tocaba. A cada momento, ella sentía que el espacio entre ambos se reducía y los acercaba inevitablemente. ¿Cuánto tiempo más podría resistir aquello?, se preguntó. Desvió la vista recordándose la lealtad a su difunta familia y su necesidad de proteger a su hija.

Roark no quería asentarse y criar una familia. Quería una amante que dejara de lado todo para dedicarse a disfrutar de los placeres de la vida alrededor del mundo. Ella se imaginó cómo sería esa vida: el lujo; la libertad de no tener ninguna responsabilidad; una vida de aventuras sin límite; dormir en la cama de él cada noche...

Tragó saliva y se obligó a desechar esos pensamientos. Ella era madre. Y aunque no lo hubiera sido, no habría aguantado ese tipo de vida durante mucho tiempo. Ella necesitaba un hogar, un lugar en el mundo al que considerar suyo.

Recordó las palabras de él:

–«He conseguido todo lo que un hombre podría desear. Excepto una cosa. Un sueño que no cesa de escaparse entre mis dedos. Y esta vez no voy a permitir que se me escape...».

–Es muy hermoso.

Sobresaltada, Lia miró a Roark. Sobre la cara norte de una colina nevada, él contemplaba la amplitud vacía del parque. A lo lejos refulgía el río Hudson.

–Aunque no tanto para ti como diez millones de metros cuadrados de oficinas, ¿verdad? –le provocó ella.

Él la fulminó con la mirada.

–No tanto para mí como tú –puntualizó él en voz baja–. Lo decía en serio: quiero que estés conmigo, Lia. Hasta que nos hartemos el uno del otro. Da igual cuánto tiempo sea eso. Quién sabe, podría ser para siempre.

A ella se le aceleró el corazón. Y justo cuando creía que no podría soportar un segundo más la intensa mirada de él, él la apartó.

–Nunca me ha gustado esta ciudad. Pero tu parque... –añadió él e inspiró hondo–. Casi se siente uno como en casa.

–¿Tienes un hogar? –le preguntó ella sin pensar.

Él la miró y soltó una carcajada seca.

–No, no lo tengo. Pero el lugar en el que estoy pensando se halla en el norte de Canadá –respondió él volviendo a contemplar el parque helado–. Mi padre era transportista, repartía suministros atravesando ríos y lagos helados en invierno. Mi madre lo conoció una vez que hizo *heli-ski*. Salieron tres veces y no necesitaron más.

–¿Ella era canadiense?

–Estadounidense. La única hija de una rica familia de Nueva York –respondió él y frunció los labios como conteniendo alguna emoción intensa–. Cuando yo tenía siete años vine aquí a vivir con mi abuelo.

Ella lo miró atónita.

–¿Creciste en Nueva York?

Él rió forzado.

–Sí. Crecí muy rápido. Mi abuelo era una persona fría. Desheredó a mi madre a los diecinueve años por haberse fugado con mi padre. Nunca le perdonó que se casara con un camionero. Ni tampoco me consideraba a mí digno de ser nieto suyo.

–¡Pero él era tu abuelo! –exclamó Lia–. ¡Seguro que te quería!

Roark clavó la vista en el parque nevado.

–Él decía que había malcriado a mi madre y que no cometería el mismo error al criarme a mí. Despedía a una nueva niñera cada seis meses porque no quería que yo me encariñara demasiado con nadie del servicio. Temía que me ablandara o que revelara mis orígenes de clase baja.

Aquellas palabras, dichas sin asomo de emoción, conmocionaron a Lia.

–Roark...

Él se encogió de hombros.

–No importa. Yo he reído el último. He desarrollado una fortuna diez veces mayor a la que él entregó a la beneficencia cuando murió. Me desheredó, por supuesto. El día en que cumplí dieciocho años me marché de Nueva York y él se enfureció. Dijo que había perdido su tiempo educándome, que estaba deseando enviarme de regreso a la cloaca adonde yo pertenecía.

–¡No hablaría en serio!

–¿Eso crees? –dijo él esbozando una sonrisa sin humor–. Dijo que yo debería haber muerto junto con el resto de mi familia. Que debería haber ardido en el fuego.

–¿Así murieron tus padres? ¿Quemados? –susurró ella.

Por un momento Lia creyó que él no iba a contestar. Pero él se giró hacia ella.

–No sólo mi padre. También mi hermano. Las cortinas comenzaron a arder al contacto con la estufa en mitad de la noche. Mi madre me despertó y me sacó de casa. Se suponía que mi padre iba a despertar a mi hermano mayor. Como no salían, mi madre regresó a buscarlos.

Lia contuvo el aliento. Sin pensarlo, posó su mano sobre la de él para ofrecerle consuelo. Él no movió la mano, pero sí desvió la mirada.

–Fue hace mucho tiempo. Ya no importa.

–Sí que importa. Sé cómo te sientes –dijo ella conteniendo las lágrimas–. Lo siento mucho.

Él miró la mano fuertemente agarrada a la suya.

–Soy yo quien lo siente, Lia –aseguró él–. Nunca pretendí hacer daño a tu familia cuando me hice con la empresa de tu padre. De haberlo sabido...

Soltó una amarga carcajada y retiró la mano de la de ella.

–Qué demonios, tal vez aun así me hubiera hecho con la empresa. Tienes razón, soy un bastardo egoísta.

Al verlo tan compungido a Lia se le encogió el corazón. Ni siquiera podía hablar.

–Pero tienes que saber una cosa: hacerte el amor en Italia no fue una cuestión de negocios. Tan sólo te deseaba. Te deseaba más allá de todo sentido común. Siempre he sabido que no quería tener hijos, pero perdí tanto la cabeza contigo que se me olvidó usar preservativo.

Él sacudió la cabeza con fiereza.

–¿Sabías que durante los meses posteriores a dejarte estuve esperando que me llamaras para anunciarme que habíamos concebido un hijo?

A Lia se le aceleró el pulso. Quería decírselo. Tenía que hacerlo. Inspiró hondo.

–¿Tan terrible habría sido si yo me hubiera quedado embarazada de ti? –susurró.

Él se pasó la mano por el cabello y soltó una amarga carcajada.

–¡Habría sido un desastre! Yo no sería un buen padre. Tanta responsabilidad, tanta presión... Qué suerte para los dos que no te quedaras embarazada, ¿verdad?

Ella reprimió la ridícula esperanza que se había formado en su corazón.

–Sí, una suerte –dijo como atontada.

Él contempló la brillante nieve y el interminable campo sin árboles.

–Sé que esto entre nosotros no puede durar. Tienes razón, no somos parecidos. Tú quieres un hogar y yo necesito mi libertad.

Lia contempló aquel hermoso rostro mientras se le partía el corazón.

Y entonces él la miró a los ojos.

–¿Sabes que eres la primera mujer que me ha rechazado en toda mi vida? Te admiré desde el momento en que te vi: tu belleza, tu elegancia, tu orgullo. Suponías un desafío para mí. Al contrario que la mayoría de las mujeres, tú nunca necesitaste que yo te salvara. Y eso fue lo que más admiré de todo.

Lia intentó tragarse el nudo de la garganta.

—No soy tan fuerte como parezco. Desde que murió Giovanni he estado sola.

—¿Sola? ¿Cómo puedes pensar eso? —replicó él asombrado—. ¿No ves que el mundo entero te adora?

Se acercó a ella y le recogió tras la oreja un mechón que el viento había despeinado. No le rozó la piel, pero su cercanía revolucionó todo el cuerpo de Lia.

—Dedicas tu vida a cuidar a otras personas. Eres la mujer más interesante que he conocido. Sexy como pocas. Pero lo que me cautivó fue tu espíritu de lucha. Tu fuerza. Tu honestidad.

¿Honestidad? A Lia empezó a dolerle la cabeza. La enormidad de su secreto le pesaba demasiado.

—Me insultaste a la cara tan alegremente que supe que siempre me dirías la verdad, aunque me doliera —añadió él y se frotó la mejilla—. Especialmente si me dolía.

Lia se ruborizó.

—Me equivoqué al abofetearte aquel día.

—No, me lo merecía —dijo él—. Si yo no le hubiera arrebatado la empresa a tu padre, vuestra vida habría sido muy diferente.

Se hizo el silencio. Ella oyó el graznido de unos pájaros que emigraban al sur. Oyó el crujido de la nieve bajo los pies de él conforme se daba la vuelta.

Después de tanto tiempo culpándole a él, descubrir que él se culpaba a sí mismo le rompió el corazón a Lia.

—En realidad no fue culpa tuya —se oyó decir a sí misma con un hilo de voz—. Mi padre tenía el corazón débil. El tratamiento de mi hermana era algo experimental. Mi madre era frágil. Tal vez no tuvo nada que ver contigo... No debería haberte culpado.

Roark cerró los ojos e inspiró hondo. Cuando los abrió, le brillaban, tal vez de lágrimas no derramadas.

—Gracias —dijo él acariciándole la mejilla.

Aquel roce, después de haber estado esperándolo durante largo tiempo, hizo que Lia se estremeciera profundamente y le temblaran las piernas.

De pronto la atmósfera entre los dos cambió. Se cargó de electricidad. Él paseó un dedo sobre el labio inferior de ella.

—Ven a mi hotel —le susurró—. Ya no puedo esperar más. Te necesito ahora.

«Sí», pensó ella desesperada. Pero entonces se acordó de Ruby y se apartó.

—No puedo.

—Acuéstate conmigo una vez porque tú quieres —le pidió él—. Después de eso, si decides que no me deseas, dejaré de perseguirte. Pero dame una oportunidad para convencerte, para mostrarte cómo podría ser una vida juntos.

Ella lo miró embelesada por sus seductoras caricias. Se sentía mareada, superada. Y sabía que no podría soportar que él se marchara. Todavía no. No podría soportar la idea de volver a quedarse sola en el frío invierno. Antes necesitaba sentir aquella calidez una vez más...

—Si me acuesto contigo, ¿me dejarás marchar?

–Sí –aseguró él con un hilo de voz–. Si es tu verdadero deseo. Pero voy a hacer todo lo posible para convencerte de que te quedes conmigo, que seas mi amante.

–¿Tu amante? –repitió ella suavemente.

–No te ofrezco amor, Lia. Ni matrimonio. Sé que este fuego entre nosotros no puede durar –añadió él tomándola en sus brazos–. Simplemente, disfrutemos de cada momento que tengamos.

Ella cerró los ojos y apoyó el rostro sobre el abrigo de él. Sentía el viento frío contra su cara, pero el resto de su cuerpo estaba ardiendo.

Él quería placer a largo plazo. Sin compromisos. Sin enredos emocionales. Pero eso no era lo que ella quería de un hombre. No de un marido y menos aún del padre de su hija.

Y a pesar de todo...

Una tarde en la cama con él. Luego él regresaría a Asia y Ruby estaría a salvo para siempre. Él no tenía por qué saber que tenía una hija. Así nunca sentiría la carga de una responsabilidad que no deseaba, ni interferiría en su vida ni en la de su hija. Él podría continuar sus interminables viajes sin volverse a mirar atrás. No tendría la oportunidad de fallar a Ruby como padre. Y ella no se vería obligada a ver cómo él la reemplazaba en su vida con una sucesión de nuevas amantes cuando se cansara de ella.

No estaban hechos el uno para el otro, eso era evidente. Ella quería una familia y un hogar. Quería un hombre que la amara a ella y a sus hijos para siempre.

Ella quería una vida como la de Emily. Pero dado que no podía tener eso...

Una tarde en la cama con Roark. Una oportunidad

para saciar sus ansias de él y luego ella le olvidaría y comenzaría una vida nueva con su hija.

Ella le olvidaría.

El corazón le latía desbocado cuando elevó el rostro y miró a Roark a los ojos. Él la embriagaba, su poder y belleza masculinos la cegaban. Y se oyó susurrar:

–Necesito estar en casa hacia las dos.

Él inspiró hondo y la abrazó con fuerza mientras le besaba la frente y el cabello.

–No te arrepentirás –le prometió–. Voy a asegurarme de ello.

«Sólo serán unas pocas horas», se dijo Lia. Y cuando él la besó apasionadamente ella supo que grabaría cada caricia en su memoria. Aquellas pocas horas le durarían para siempre.

Y luego... ella le dejaría marchar.

Capítulo 13

CONFORME subían en el ascensor del hotel Cavanaugh hacia la suite presidencial de veinte mil dólares la noche, Roark se dio cuenta de que estaba temblando. ¡Nunca había deseado tanto a una mujer!

¿Acaso alguna vez había deseado algo tanto?

Se detuvo delante de la puerta de la habitación y miró a Lia, cuyos ojos castaños albergaban una mirada limpia y tranquila.

Sin dejar de mirarla, la tomó en brazos y traspasó así el umbral. Una vez dentro, cerró la puerta de un puntapié. Atravesó con ella en brazos el vestíbulo de suelo de mármol y una enorme araña de cristal, los seis dormitorios secundarios y llegó al dormitorio principal. Allí la dejó suavemente en el suelo. A través de los amplios ventanales se colaba la belleza nevada de Central Park.

Él se quitó el abrigo y le quitó a ella el suyo, la bufanda y los guantes, tirándolos al suelo. Empezó a quitarse la camisa negra, pero se distrajo cuando ella empezó a imitarle.

Con la vista clavada en él, Lia se desabrochó lentamente su chaqueta negra, revelando un sujetador de encaje negro. Luego se bajó la cremallera de la falda, que cayó al suelo dejando al descubierto unas bragas de encaje negro y medias negras sujetas con liguero.

Roark la contempló maravillado. Aquella mujer era joven, moderna, una condesa... y al mismo tiempo una fantasía de tiempos antiguos. Cuanto más tiempo pasaba junto a ella, más la deseaba.

Entonces se dio cuenta de que la quería a su lado más de una noche. Por primera vez en su vida, quería que una mujer le acompañara en sus viajes.

Siguió observándola. Ella se quitó sus zapatos de tacón negro y colocó un pequeño pie sobre la cama. Soltó el primer liguero y, sin mirarlo, fue quitándose la media y descubriendo su hermosa pierna.

A Roark se le entrecortó la respiración.

Ella repitió la operación con la otra media. Él se humedeció los labios, incapaz de apartar la mirada.

Por fin ella se giró y lo miró. Inspiró hondo y, por primera vez, él advirtió sus mejillas sonrojadas y sus manos temblorosas. Ella estaba nerviosa.

Aquello resultaba lo más sexy de todo.

Ella entrelazó las manos tras su espalda y lo miró con una sonrisa sensual y un brillo travieso en la mirada.

A él se le aceleró aún más el pulso. ¿Cómo era posible que él hubiera sido el único hombre que había tocado a aquella mujer, la más deseable del mundo? Una mujer con tanta fuerza y al tiempo tan vulnerable. Tan orgullosa y misteriosa y a la vez tan sincera.

—¿Qué hago ahora? —inquirió ella con timidez.

Era toda la invitación que él necesitaba. Se quitó el resto de su ropa y, con un gemido, la tomó en brazos.

—Ya sigo yo desde aquí.

La depositó suavemente sobre la cama y la besó en la boca mientras le acariciaba los brazos desnudos. Siguió besándole el cuello y recorriendo cada centímetro de su piel con las manos. Ella le devolvió las caricias, al principio con timidez y gradualmente con más confianza. Él se entusiasmó. Pero después de dieciocho meses de deseo frustrado quería tomarse su tiempo, disfrutar de ella al máximo. Poseerla lentamente, hasta que se sintiera completamente saciado de aquella mujer complicada, sexy y misteriosa...

¿Cuánto llevaría eso?

Ella debía acompañarle a Hawai y Tokio. La convencería, no le quedaba otra opción. Un día no iba a ser suficiente. Y se enfrentaría a cualquier hombre que intentara arrebatársela.

Continuó acariciándola y besándole los hombros y el vientre. Le acercó los senos y hundió el rostro entre ellos. Ella gimió suavemente bajo él. Él le quitó el sujetador de encaje negro y el liguero. Lentamente, le bajó las bragas y las tiró al suelo. Ella cerró los ojos. Él la sintió estremecerse bajo sus manos.

Ella estaba en su poder. Aquella idea lo embriagó.

Él la había desvirgado brutalmente en Italia. En ese momento tenía una segunda oportunidad para ser el amante que ella merecía. Él le mostraría lo bueno que podía ser hacer el amor.

La besó ferozmente y ella le correspondió con igual pasión. Luego él se apartó y, tras humedecerse los dedos, los acercó a los senos de ella y comenzó a rodear los pezones hasta llegar a su centro, haciendo que ella ahogara un grito de placer. Entonces él acercó su boca y saboreó cada seno. Luego continuó hacia el vientre de ella mientras con las manos le acariciaba el interior de los muslos haciéndola estremecerse.

–Roark... –farfulló ella.

Él la sujetó por la espalda y la atrajo hacia sí. Le hizo separar las piernas y hundió su lengua dentro de ella, disfrutando al verla retorcerse y jadear. Sonrió. Entonces se puso un preservativo y se colocó sobre ella. Pero no la penetró: comenzó a juguetear. Sintió el cuerpo de ella arqueándose para unirse instintivamente al suyo, pero él se resistió. Gruesas gotas de sudor le bañaban la frente ante el esfuerzo para no penetrarla como su instinto le impelía.

Cuando ya no podía soportarlo más, se fue introduciendo en ella muy lentamente. No quiso cerrar los ojos ante la ola de placer que le invadió: quería observarla a ella. Observar la forma en que contenía el aliento, mordisqueándose el labio inferior; la forma en que parpadeaba, como en un sueño; su hermoso rostro emocionado como si oyera un coro de ángeles; su boca pronunciando en silencio el nombre de él.

La observó en cada lenta acometida, hasta que ella comenzó a tensarse y retorcerse bajo él. Y entonces él aumentó las acometidas. Cada vez más profundamente, más rápidamente. Sin apartar la vista de ella un solo instante. Cuando ella gritó al alcanzar el orgasmo, sus miradas se encontraron y un relámpago inundó el cuerpo de Roark, haciéndolo explotar de placer.

Su ángel. Estar con ella no se parecía a nada de lo que había conocido en su vida.

Al terminar, la abrazó y la acarició mientras ella se adormecía sobre su pecho.

Era la primera vez que él deseaba que una mujer pasara la noche en su cama. Él mismo se vio incapaz de dormirse porque quería contemplar a la mujer con la que acababa de acostarse.

La belleza, la fuerza y la bondad de ella le retenían. Observó sus ojos cerrados y sus labios esbozando una sonrisa bajo el cálido sol del mediodía.

Ella era perfecta, pensó: la mujer perfecta; la amante perfecta; la esposa perfecta.

¿Esposa?

Él nunca se había planteado casarse, pero al mirarla en aquel momento tuvo el repentino deseo de poseerla para siempre. De quedársela para su placer y nada más que el suyo. De asegurarse de que ningún hombre la tocaría. Nunca.

Él nunca había deseado a ninguna mujer así. Y siempre había defendido que se mantendría libre. Pero, al encontrarse por primera vez con una mujer que no quería comprometerse con él, lo único que deseaba era conseguirla.

Intentó apartar esos pensamientos. Él no podía casarse, no era de ese tipo de hombres. Y aunque lo fuera, ella no querría casarse con él.

Ella deseaba un hogar, hijos, amor. ¿Qué podía ofrecerle él para compensarla por todo lo que no podía darle?

—Lia —susurró, acariciándole los brazos desnudos.

Ella abrió los ojos y sonrió al verlo. Roark sintió que el corazón se le aceleraba.

«Cásate conmigo», pensó él. «Renuncia a tu deseo de un hogar, una familia y amor. Entrégate a mí».

—¿Sí? —preguntó ella acariciándole la mejilla y mirándolo con ternura.

Pero él no lograba pronunciar las palabras. ¿Casarse, él? Era una idea ridícula. Llevaba toda su vida adulta evitando el compromiso y los lazos emocionales. No renunciaría a eso por cierta lujuria momentánea.

Pedirle a Lia que le acompañara en sus viajes era más de lo que le había pedido nunca a una mujer. Eso sería suficiente. Tenía que serlo.

Se inclinó sobre ella y la besó.

Lia apenas se había recuperado de su sesión de sexo cuando él la despertó. Mientras la besaba y acariciaba de nuevo sus senos desnudos, ella sintió que el deseo la inundaba de nuevo. Notó que él estaba enorme y erecto de nuevo y acercó tímidamente una mano.

Él se estremeció al notar sus caricias, gimió y la elevó como si no pesara nada. Se incorporó en la cama y la sentó a ella en su regazo, de frente a él. Se puso un preservativo y, elevándola con sus brazos, hizo que descendiera sobre él, abrazándolo de la forma más íntima. Lia le rodeó el cuerpo con las piernas. Él se balanceó adelante y atrás, haciendo que los senos de ella se rozaran con su fuerte pecho y el centro más sensible de ella con su pelvis. Casi al instante, ella se tensó y gritó.

—Treinta segundos —dijo él con diversión apartándole el cabello de la frente sudorosa—. A ver si conseguimos que dures algo más.

Durante la hora siguiente, la torturó de placer.

Él se tumbó boca arriba y colocó a Lia encima de él, enseñándole a encontrar su propio ritmo, a controlar la intensidad y el ritmo de las acometidas. La tumbó en la cama y le hizo colocar una pierna sobre el hombro de él para mostrarle cuán profundamente podía penetrarla. La saboreó con su lengua. Jugó con sus hábiles dedos. Hizo que se retorciera y le rogara.

Pero cada vez que ella comenzaba a tensarse ante el

inminente orgasmo, él se detenía en seco y luego emprendía un ritmo diferente. Hasta que Lia casi lloró de frustración ante el agonizante deseo. ¿Cuánto tiempo más pensaba torturarla?

—Por favor —rogó ella llorosa—. ¡Tómame!

Él la miró con ternura y sonrió travieso.

—Creo que puedes aguantar unas horas más.

—¡No! —exclamó ella y, con una sorprendente fuerza, lo tumbó en la cama.

Se colocó encima de él, inmovilizándole las muñecas, y lo acogió en su interior. Él ahogó un grito.

—Es mi turno —le susurró ella al oído.

Poniendo en práctica todo lo que él le había enseñado, ella comenzó a moverse. Él quiso protestar, pero ella le ignoró, obligándole a penetrarla una y otra vez hasta que él también comenzó a tensarse y retorcerse. Hasta que él echó la cabeza hacia atrás y, con un poderoso grito, explotó dentro de ella. En el mismo momento, ella también gritó cuando el creciente placer la elevó tanto que estuvo a punto de desmayarse.

Exhausta, ella se derrumbó sobre él. No supo cuánto tiempo se quedó así. Cuando por fin abrió los ojos, él estaba despierto y la miraba. Como si no se cansara de hacerlo.

Y ella le deseó a su lado. No sólo en la cama, también en su vida. Para siempre.

Una idea la conmocionó: ¡estaba enamorándose de Roark!

«¡No! ¡No puedo enamorarme de él!», pensó con desesperación. Intentó concentrarse en todas las razones por las que debía odiarlo. Pero lo único que logró recordar fue la vulnerabilidad que había visto en el rostro de él mientras le contaba cómo había muerto su familia en el incendio. O cómo su abuelo le había despreciado y no le había permitido encariñarse ni con las niñeras. Cómo, desde que él tenía siete años, no había tenido un auténtico hogar ni una familia...

«¡Pero él no quiere eso: no quiere una esposa ni hijos!», se recordó ella con fiereza.

Era muy duro no hablarle de su bebé. Se moría de ganas de hacerlo, pero no podía arriesgar la felicidad de Ruby por un padre que no la deseaba. Y tampoco quería imponerle a él una responsabilidad que rechazaba. Dado que él empezaba a importarle, debía ocultarle ese secreto, debía permitirle la libertad que él deseaba, se dijo.

Además, no podría soportar que él la odiara si se enteraba de que le había ocultado que era padre.

Cerró los ojos, incapaz de sostenerle aquella mirada que superaba todas sus defensas.

Estaba enamorándose de él. Pero debía dejarlo marchar.

Comprobó la hora en su reloj. Eran las dos. Ruby estaría despertándose de su siesta.

Inspiró hondo.

—Es tarde. Tengo que irme.

—Nuestro vuelo transoceánico no sale hasta dentro de dos horas —señaló Roark.

—No —replicó ella incorporándose—. Lo siento. Esta tarde es todo lo que podemos tener. No puedo viajar contigo. No puedo arriesgar...

«No puedo arriesgar que a mi hija se le parta el corazón por un padre que no la quiere. No puedo arriesgarme a que me odies si te enteras de lo que te he ocultado».

Él la miró fijamente.

—Lia, no me hagas esto.

Ella cerró los ojos y reunió toda su fuerza de voluntad.

—Dijiste que si me acostaba contigo *motu proprio* me dejarías marchar.

Él la sujetó por la muñeca.

—Espera. Si no quieres ser mi amante... sé mi esposa.

Capítulo 14

SER SU esposa?

Lia miró a Roark sin dar crédito, con el corazón acelerado.

—¿Quieres... casarte conmigo? —susurró ella.

—Quiero tenerte en mi vida —respondió él con una mirada intensa—. A cualquier coste.

Ella inspiró hondo. Así que nada había cambiado: él no la amaba, sólo quería casarse con ella para salirse con la suya.

¿Cuánto tiempo duraría un matrimonio así?

Y si él descubría la existencia de Ruby...

Ella sabía que él la admiraba porque creía que era sincera y buena. Si descubría que ella le había mentido todo aquel tiempo, y a la cara, mientras le entregaba su cuerpo... la odiaría.

Los ojos se le inundaron de lágrimas mientras recogía su ropa del suelo.

—Tengo que irme.

Se vistió rápidamente y se disponía a marcharse cuando él se interpuso en su camino desnudo, pura fuerza. A ella se le encogió el corazón al recordar cada centímetro y sabor de su cuerpo.

—Sé que tú quieres un hogar y una familia —comenzó él lentamente—. Eso son cosas que no puedo darte. Pero sí te ofrezco todo lo que tengo. Es más de lo que le he ofrecido nunca a nadie. Te deseo, Lia. Ven conmigo. Sé mi esposa.

Ella se tragó el dolor de su deseo por él. Tal vez si no fuera madre se hubiera conformado con la promesa de vida que él le ofrecía. Pero Ruby era lo más importante para ella.

Ya había cometido el error de acostarse con un hombre que no deseaba ser padre. No lo agravaría casándose con él.

–Mi decisión está tomada –murmuró ella–. Adiós.

–¡No! –exclamó él sujetándola de la mano.

–Me has dado tu palabra.

Él inspiró hondo y la soltó.

–Cierto, te lo he prometido –dijo como atontado.

–Adiós –repitió ella y corrió hacia la puerta para que él no viera sus lágrimas.

Una vez en el pasillo, tras haber salido dando un portazo, Lia se apoyó contra la puerta, sollozando en silencio mientras se despedía del único hombre al que había besado en su vida. El único hombre al que se había sentido tentada de amar. El padre de su hija.

«Estoy haciendo lo correcto», se dijo a sí misma mientras pulsaba el botón del ascensor. «Lo mejor para todos nosotros».

Entonces, ¿por qué se sentía tan mal?

Ella le había dejado.

Roark no podía creerlo. Estaba seguro de que ella sería suya.

Acababa de pedirle que se casara con él.

Y ella le había rechazado.

Tal vez fuera lo mejor, se dijo frotándose la cabeza. Había sido un tonto al haber hecho la oferta tan a la ligera. Se habría cansado de ella en una se-

mana. En un día. Lia le había hecho un favor recha-
zándolo.

¿Verdad?

La lujosa suite de hotel, con su exquisito mobiliario, sólo le devolvía silencio. Mármol, cristal, carí-
sima marquetería... todo resultaba feo y triste tras la
marcha de ella.

Le sonó el teléfono conforme salía de la ducha.

—El avión está listo para despegar, señor Navarre
—le informó su asistente—. Directo a Lihue con una
breve parada para repostar en San Francisco. He enviado al chófer a esperarle a la entrada del hotel.
¿Quiere que alguien recoja sus maletas?

—No te preocupes —respondió Roark embobado—.
Viajo ligero de equipaje.

Ir ligero de equipaje, justo lo que le gustaba, se
dijo. Se puso una camisa negra, gemelos de platino,
pantalones negros y un abrigo negro de lana italiana.

Pero mientras guardaba sus pocas cosas en su maleta de cuero, se sintió extrañamente entumecido,
algo que no le ocurría desde hacía mucho tiempo:
desde aquel gélido día de invierno en que había perdido tanto en un incendio.

«Es mejor así», se dijo de nuevo. Crear lazos con
alguien no era bueno. Y Lia era el tipo de mujer con
quien un hombre querría crear lazos. Él no quería
eso. Se volverían locos el uno al otro. Y aun así...

Agarró con fuerza el asa de su maleta. Todavía no
podía creer que la hubiera perdido.

Una vez en la recepción del hotel, habló brevemente con su asistente, Murakami, que le seguiría a
Tokio al cabo de unos días. La planta principal del
hotel Cavanaugh estaba decorada con un árbol de
Navidad de unos diez metros de altura cubierto de

adornos rojos. Los rostros alegres y las luces del vestíbulo irritaron a Roark.

Mientras Murakami se ocupaba de pagar el hotel, Roark salió a la calle. Parpadeó unos instantes ante el frío de la tarde invernal mientras su aliento se convertía en vaho.

–¿Señor?

Sin pronunciar palabra, Roark le tendió su maleta al chófer y se subió al asiento trasero.

El Rolls-Royce circulaba por la Quinta Avenida cuando el conductor le habló de nuevo.

–¿Su visita a Nueva York ha resultado agradable, señor?

–Mi *última* visita –puntualizó Roark mirando por la ventanilla.

–Espero que celebre la Navidad en algún lugar más cálido, señor.

Roark recordó la calidez del cuerpo de Lia y de su mirada.

«El mundo está lleno de mujeres», se dijo enfadado. La reemplazaría fácilmente.

Y ella le reemplazaría a él. Encontraría a un hombre que pudiera darle más que él. Tal vez alguien con un trabajo de nueve a cinco que regresaría puntual a su diminuta casa cada noche. Un hombre que le sería fiel. Un padre para sus hijos.

A Roark le dolía el cuerpo de deseo por ella. Pero ella había escogido rechazarle. Y él debía respetar su decisión, le había dado su palabra. Nunca había creído que tendría que mantenerla.

Aun así...

De pronto se dio cuenta de que había olvidado entregarle el cheque de veinte millones de dólares. Se irguió en su asiento.

–Gire aquí mismo –le dijo al chófer–. Diríjase a la calle treinta y cuatro con la once. Tan rápido como pueda.

Cuando el coche se detuvo delante del viejo edificio que albergaba la oficina de Lia, Roark casi saltó de él. Impaciente, en lugar de esperar al ascensor, subió las escaleras de tres en tres. Llegó a la tercera planta y empujó la puerta. Tenía el corazón desbocado, pero no por el ejercicio.

Sarah, la recepcionista, lo miró sorprendida y encantada.

–Señor Navarre, ¿ha olvidado algo? –preguntó con una sonrisa–. ¿Quiere que le lleve a conocer el parque, después de todo?

Lia no estaba allí. Roark apretó la mandíbula con frustración mientras sacaba su chequera del bolsillo de su abrigo.

–La condesa ya me ha enseñado el parque. Pero se ha marchado antes de que pudiera darle mi donación.

Roark extendió el cheque de veinte millones de dólares y se lo entregó a la joven, que lo miró con ojos desorbitados.

–Le daré un recibo –anunció ella.

–No es necesario –dijo él.

Le había prometido a Lia que no volvería a dirigirse a ella, pero había encontrado una oportunidad de no traicionar su palabra. Y ella no estaba allí.

«Qué bien», se burló de sí mismo.

–La condesa insistiría –dijo Sarah con un hilo de voz entregándole el recibo–. ¿Cómo quiere que se anuncie?

–¿A qué se refiere?

–Enviaremos una nota de prensa comunicando su

donación, por supuesto. ¿Quiere que se la atribuya-
mos a usted personalmente o a su empresa?

–No la mencione. No se la mencione a nadie –respondió él sombrío.

–Anónima, comprendido –dijo ella guiñándole un
ojo–. Es usted una buena persona, señor Navarre.
Muchas familias disfrutarán de este parque en las
próximas generaciones.

Roark se despidió con un gruñido. Había llegado a
la puerta cuando oyó suspirar a Sarah.

–Lia va a lamentar mucho no haber estado aquí
para ver esto. Pero le gusta estar en casa cuando su
bebé se despierta de la siesta.

Roark se detuvo en seco.

–¿Bebé?

–Esa pequeña es una monada.

Roark regresó al mostrador de recepción. Sarah le
miró asustada ante la feroz expresión de su rostro.

–¿Qué tiempo tiene? –inquirió él.

–Ésa es la parte más romántica –contestó ella con
un suspiro–. Ruby nació nueve meses después de la
muerte del conde. Un milagro para consolar la pena
de Lia. Y Ruby es una preciosidad. Ahora gatea
como una loca... ¿Adónde va, señor Navarre?

Roark no respondió. Abrió la puerta y bajó las escaleras furioso.

Lia había tenido un bebé y no se lo había dicho.
Deliberadamente lo había mantenido en secreto.

Él recordó lo nerviosa que ella se había puesto
cuando él la había sorprendido por la mañana en la
puerta de su casa. Él había creído que se debía a que
ella temía que él quisiera autoinvitarse a su dormitorio. Pero lo que ella temía en realidad era que él descubriera la verdad.

Tal vez el bebé había nacido nueve meses tras la muerte del conde, pero ese hombre no era el padre. Eso era imposible. ¡Lia era virgen cuando él la había seducido!, se recordó Roark.

Y ella le había dicho en el banquete que no había estado con nadie más desde entonces. Roark recordó al camarero del café que aquella mañana había preguntado por *mademoiselle* Ruby. Y, al preguntar él quién era Ruby, ella había respondido que era una buena amiga.

¡Qué idiota había sido!, se lamentó. ¡Había creído que podía confiar en una mujer hermosa, lista y decidida como Lia Villani!

Había sobrevalorado el buen corazón de ella.

Había subestimado la profundidad de su engaño.

Ella le había mentido. Ni siquiera le había dado la oportunidad de elegir si quería o no ser parte de la vida de su hija. En lugar de eso, ella se había avergonzado tanto de que él fuera el padre que había mentido a todo el mundo diciendo que el conde había concebido al bebé días antes de su muerte.

Roark temblaba de ira. Ella le había engañado. Le había mentido durante un año y medio. Mientras él recorría el mundo, soñando con ella todas las noches a su pesar, ella había estado con la hija de ambos. Y había elegido ocultársela y mentir acerca de su verdadero padre.

Le había mentido a la cara. Roark apretó los puños.

Y pensar que había decidido dejar marchar a Lia, ser noble y renunciar a sus deseos egoístas por respetar los deseos de ella... Casi rió al pensarlo.

Se subió al Rolls-Royce. Mientras se dirigían a casa de ella, Roark sonrió amargamente. Él la había admirado. Había creído que ella era especial, sincera y buena.

Pero ya no.

La mantendría en su cama. Ella se quedaría allí, como su prisionera, mientras él la deseara.

El mundo era un lugar egoísta. Un hombre tenía que hacerse con todo lo que pudiera cuando pudiera. Y fastidiar al resto.

Capítulo 15

DE ACUERDO, entonces me marcho por hoy –anunció la señora O'Keefe agarrando su bolso y dirigiendo una compungida mirada a su jefa–. Si usted está segura de que no quiere que me quede...

–Estoy segura –insistió Lia enjugándose las lágrimas.

Intentó sonreír a su bebé, sentada junto a ella sobre la alfombra turca del salón mientras jugaba con unos bloques.

–De verdad, estoy bien –afirmó Lia–. Sólo un poco triste.

–Querida, ya ha transcurrido un año y medio desde que el conde falleció. Él no querría que se apenara tanto.

Claro, la señora O'Keefe creía que ella estaba llorando por Giovanni. ¿Cómo explicarle que su corazón roto se debía al auténtico padre de Ruby, un hombre vivo pero sin ningún interés por tener una hija, una esposa amante ni un hogar?

–No lloro por él, sino por otra persona –confesó Lia.

La mujer irlandesa la miró fijamente.

–¿Quién?

Lia sacudió la cabeza. Lloraba por un hombre que nunca la perdonaría si descubría que ella le había mentido. Pero él nunca se enteraría. Roark estaba de camino al lejano Oriente para no volver jamás.

Ella debería estar contenta... pero no lo estaba.

Al descubrir que se había quedado embarazada, ella había odiado a Roark con tanto ahínco que había creído que la única manera de poder amar del todo a su bebé sería olvidarse de su padre.

Pero para el resto de sus días, cuando mirara a su hija a los ojos recordaría una emoción muy distinta al odio: recordaría la ternura con la que Roark le había pedido que se quedara con él. Y la forma en que ella le había rechazado.

La forma en que le había mentido.

«Basta», se ordenó, secándose los ojos con fuerza. «No sigas».

Ruby rió alegre y le tendió un bloque con la letra A. Lia sonrió a través de las lágrimas.

–A de amor –susurró, devolviéndole el bloque a su hija y abrazándola.

Ruby siempre tendría lo mejor: la mejor educación; las mejores casas tanto en Nueva York como en Italia; la mejor ropa; una madre que la amaba.

Sólo había una cosa que ella no podría proporcionarle.

–No se sienta culpable por haber sido la que se ha quedado –comentó la señora O'Keefe suavemente–. El conde no la culparía si usted encuentra a otra persona a la que amar. Usted es joven, necesita un hombre. Igual que su preciosa bebé necesita un padre vivo que la quiera.

Lia la miró. Y luego miró a Ruby. «¡Dios mío! ¿Qué he hecho?», pensó de pronto.

Se había convencido a sí misma de que había mantenido a Roark y a Ruby separados por su propio bien. Pero, ¿y si había sido una mentira que le convenía creer?

Roark era capaz de cambiar. Se lo había demostrado ese mismo día: a pesar de que afirmaba que nunca querría casarse, le había propuesto matrimonio a ella.

También sostenía que no quería ser padre. Pero igualmente podía cambiar de opinión acerca de eso. Tal vez si hubiera visto a Ruby habría querido ser su padre.

¿Y si ella había cometido el mayor error de su vida al rechazar a Roark, no porque temiera que él abandonara a Ruby sino que la odiara a ella por haberle ocultado su existencia?

Se quedó sin aliento. Sus sentimientos no importaban al lado de las necesidades de su hija. Su hija era lo primero. Y, por más que Roark llegara a odiarla a ella, si él deseaba actuar como padre de Ruby, ella no tenía otra opción que permitírselo, se dijo Lia.

Tenía que decirle la verdad.

—Espero que no le importe que le diga esto —dijo la señora O'Keefe con lágrimas en los ojos—. Para mí usted es la hija que nunca tuve. No quiero que cometa el mismo error que yo cometí.

Lia se puso en pie lentamente.

—Gracias —murmuró—. Tiene razón.

Sonó el timbre de la puerta. La señora O'Keefe carraspeó.

—Ya voy yo. Seguramente será el nuevo carrito que he pedido en la tienda.

Lia asintió ausente y agarró el teléfono. Pidió el número del hotel Cavanaugh y llamó con el corazón en un puño.

—Me temo que el señor Navarre se ha marchado hace una hora —dijo la recepcionista del hotel.

Lia colgó el teléfono con unas terribles ganas de llorar. Era demasiado tarde.

–¿Sí? –preguntó la señora O'Keefe en la puerta.

–He venido a ver a la condesa.

¡Era la voz de Roark! ¡Él estaba allí! Lia ahogó un grito y dejó caer el teléfono.

La mujer irlandesa miró a Roark y luego a Lia. Y sonrió de pronto.

–Así que usted es la causa de todo este lío –le dijo a Roark–. Lo resolverán, creo. Entre.

Y le abrió la puerta.

Él dio dos pasos y llenó el vestíbulo de Lia con su energía masculina.

–¿Qué estás haciendo aquí? –preguntó ella en un susurro–. Dijiste que no volverías a contactar conmigo. Creí que te habías marchado para siempre...

–¡Hasta mañana, entonces! –se despidió la señora O'Keefe alegremente y se marchó.

–No he venido a verte a ti –señaló Roark y miró a la pequeña que jugaba con los bloques sobre la alfombra–. He venido a verla a ella.

Lia contuvo el aliento.

–¿Cómo te has enterado?

Roark se giró hacia ella con la mandíbula apretada.

–¿Por qué les dijiste a todos que ella es la hija del conde? ¿Por qué nunca me avisaste de que yo tenía una hija?

Ella sintió la boca seca de repente.

–Quería decírtelo.

–¡Mientes! –exclamó él furioso–. ¡Si hubieras querido decírmelo de verdad, lo habrías hecho!

–¿Qué se suponía que debía hacer, Roark? ¡Dejaste muy claro que no querías hijos! Y yo te odiaba.

Cuando te marchaste de Italia, deseaba no volver a verte en la vida.

–Ésa fue tu excusa entonces. ¿Qué me dices de ayer en la boda? ¿O de esta mañana mientras desayunábamos o al enseñarme el parque? ¿O cuando hemos hecho el amor en el hotel? ¿Por qué no me lo has dicho entonces?

–Lo siento –susurró ella–. Temía que me odiaras.

Él le dirigió una mirada gélida.

–Por supuesto que te odio –dijo y entró en el salón.

Se arrodilló junto a Ruby y le entregó un bloque. La pequeña le sonrió y parloteó alegremente sonidos sin sentido. Él la miró. Y la tomó en brazos.

–¿Qué estás haciendo? –gritó Lia.

–Mi avión me espera para llevarme a Hawai y a Japón –respondió él fríamente–. Y no confío en ti.

–¡No se te ocurrirá llevártela y apartarme de ella!

Él entrecerró los ojos y esbozó una sonrisa cruel.

–No. Tú también vas a venir. Vas a acompañarme allá adonde yo vaya. Y te acostarás conmigo hasta que me canse de ti.

¿Acostarse con él, entregar su cuerpo a un hombre que la odiaba?

–No –dijo ella ahogando un grito–. ¡Nunca me casaré contigo!

–¿Casarnos? –dijo él con una risa terrible–. Eso era cuando creía que eras una mujer honesta con buen corazón. Ahora sé que no eres más que una bella y traicionera mentirosa. No mereces ser mi esposa. Pero serás mi amante.

–¿Por qué te comportas así? –inquirió ella con un hilo de voz–. Tú nunca has querido ser padre. ¿Por qué te comportas como si te hubiera ocultado algo precioso para ti, cuando los dos sabemos que lo único que tú has deseado siempre es ser libre?

Él esbozó una mueca de desdén.

—Cumplirás mis exigencias o te llevaré a juicio. Pelearé por la custodia de mi hija con todos los abogados que tengo —anunció él con una sonrisa sombría—. Y créeme, son más de los que tú nunca podrás conseguir.

Un escalofrío recorrió a Lia. Miró a Ruby en sus brazos, sujeta con delicadeza. Verles juntos le partió el corazón. Era justo lo que ella siempre había soñado.

Entonces vio que él la miraba y toda la ternura desaparecía de su expresión, reemplazada por puro odio.

Odio... y pasión.

—¿Aceptas mis términos? —dijo él.

No podía dejarle ganar. Así no, se dijo Lia. Ella no era una mujer que no se rendía sin pelear.

Elevó la barbilla.

—No.

—¿No? —inquirió él fríamente.

—No te acompañaré en tus viajes como tu amante. No con nuestra hija por medio. No es decente.

Él la fulminó con la mirada.

—Antes no te planteabas ser decente: en la rosaleda, en el armario de la limpieza, en la suite del hotel...

—Eso era diferente —replicó ella con lágrimas en los ojos—. Si Ruby está con nosotros, todo cambia. No voy a darle ese ejemplo ni a ofrecerle ese tipo de vida desestructurada. O hay matrimonio o nada.

—¿Prefieres darle el ejemplo de venderte a un matrimonio sin amor... y no una vez, sino dos?

Lia se estremeció con una desagradable desazón.

–Aceptaré tus términos, Roark –dijo con voz ronca–. Me acostaré contigo, te seguiré por el mundo, me entregaré a tus exigencias... pero sólo como esposa tuya.

Él se la quedó mirando unos largos momentos. Y luego sonrió.

–De acuerdo –dijo tendiendo la mano.

Ella la estrechó para sellar el trato. Al tocarlo sintió un cosquilleo.

–Sólo recuerda que has sido tú quien ha elegido convertirse en mi mujer –le susurró él al oído.

Con la otra mano le acarició la mejilla y la miró a los ojos.

–El error ha sido tuyo –añadió él.

Roark se casó con Lia en una ceremonia sencilla en el Ayuntamiento aquella misma tarde. La señora O'Keefe se ocupó de Ruby y ejerció de una de las testigos. El asistente de Roark, Murakami, ejerció del otro testigo. No acudió ningún familiar ni ningún amigo. No hubo flores ni música.

Lia vistió un traje color crema. Roark no se molestó en cambiarse su camisa y pantalón negros. ¿Por qué debía comportarse como si aquel enlace significara algo para él? Tampoco sonrió cuando les nombraron marido y mujer. Ni miró a Lia. Ni siquiera la besó al terminar la ceremonia.

Haría que su esposa pagara por lo que había hecho.

Desde el Ayuntamiento se dirigieron al helipuerto en un Cadillac monovolumen. Mientras Roark comentaba los detalles financieros de los terrenos de Kauai y Tokio con su asistente, no podía dejar de mirar a Ruby, en el asiento para niños junto a él.

Tenía una hija, se dijo. Todavía no podía creerlo.

Ella estaba bostezando mientras se tomaba un biberón medio dormida. No había duda de que era hija suya. Tenía sus mismos ojos negros. Se le parecía en todo.

Pero también se parecía Lia. Tenía la misma boca que ella y la misma risa alegre.

Él tendría que ignorar eso, se dijo Roark. Despreciaba a Lia y no quería verla en los rasgos de su hija.

Cada vez que miraba a Ruby experimentaba un sentimiento de lo más extraño. No sabía si era amor, pero sí sabía que moriría por protegerla.

Un sentimiento totalmente diferente al que sentía por su madre.

En la tercera fila de asientos del monovolumen iban sentadas Lia y la niñera, quien parecía una mujer juiciosa y digna de confianza. Pero él investigaría sus referencias por si acaso, apuntó Roark mentalmente mientras apretaba la mandíbula. Su instinto no era tan bueno como él creía.

Recordó la patética manera en que había bajado sus defensas delante del parque nevado y le había contado a Lia la muerte de su familia, algo que nunca había compartido con nadie, y sintió que le ardían las mejillas. Le había contado incluso su humillante infancia junto a su abuelo y cómo él había despreciado sus orígenes de clase baja.

Le había desnudado su alma a ella.

Y al pensar en que casi le había rogado que se escapara con él, Roark se sintió superado por la ira y la vergüenza.

Disfrutaría castigándola. Los votos del matrimonio serían cadenas que él usaría para destrozarla. Le haría lamentar los dieciocho meses de mentiras.

Ella había logrado que él la deseara. Esa idea le enfurecía. Ella le había hecho creer que era especial, un mujer inteligente, sexy y adorable diferente a las demás. Casi había logrado que él se preocupara por ella.

Y mientras, todo el rato le había engañado.

—Gracias por venir —oyó que Lia susurraba tras él.

—No se preocupe, no es molestia —respondió la señora O'Keefe suavemente—. No podía permitir que usted y la pequeña Ruby marcharan a tierras lejanas sin mí, ¿verdad?

Roark se dio cuenta de que la mujer comprendía mejor la verdad de la relación entre Lia y él de lo que demostraba: detectaba que algo no iba bien en aquel matrimonio y no quería que Lia y su bebé lo afrontaran solas.

Por el bien de Ruby, Roark agradecía que la mujer hubiera accedido a acompañarlos. Él le había ofrecido doblarle el sueldo por las molestias. Quería que su hija recibiera el mejor cuidado. Y que no se viera separada de su cuidadora como le había sucedido a él de pequeño.

Pero le disgustaba la idea de que Lia tuviera una amiga. No quería que ella tuviera ningún consuelo, quería que sufriera. Pero no a costa de la felicidad de Ruby.

El chófer detuvo el coche a la entrada del helipuerto y el guardaespaldas jefe de Roark, Lander, los escoltó hasta el helicóptero.

Tras un viaje de siete minutos, aterrizaron en el aeropuerto Teterboro y subieron al avión privado de Roark. Era lujoso y muy cómodo. Roark, Lia, Ruby y la señora O'Keefe eran los únicos pasajeros, atendidos por tres guardaespaldas, dos copilotos y dos azafatas, una de las cuales le llevó zumo y galletas a Ruby mientras la otra ofreció champán a Lia antes de despegar.

–Enhorabuena, señor Navarre –felicitó la primera azafata y sonrió a Lia–. Y mis mejores deseos para usted también, señora Navarre.

Señora Navarre. Roark se estremeció al oír el nombre.

Él tenía esposa.

Una esposa a la cual odiaba.

Lia palideció. Agarró la copa de champán y miró incómoda a Roark. Él advirtió la pregunta de su mirada. ¿Qué pretendía él hacer con ella?

Él desvió la mirada con frialdad y, con su maletín en la mano, pasó delante de ella sin dirigirle la palabra. Sólo se detuvo para besar la cabeza despeinada de Ruby y se acomodó en el sofá en la parte trasera de la cabina. No quería ver el rostro hermoso y compungido de su esposa.

Ella no significaba nada para él, se dijo ferozmente. Nada.

Y así continuarían las cosas hasta que llegaran a Kauai, donde su casa en la playa les esperaba con el espacioso dormitorio con vistas al Pacífico.

Entonces ella aprendería cuál era su lugar en la vida de él.

Capítulo 16

AL CABO de una hora de aterrizar en el hermoso paraíso de Kauai, en Hawai, Lia supo que acababa de llegar al infierno.

El amanecer era fresco y luminoso. Lia inspiró hondo mientras bajaba del avión con su bebé en brazos.

Dos Jeep descapotables les aguardaban. Roark se acercó a Lia con mirada brillante. Por un momento ella creyó que iba a decirle algo, pero él sólo le quitó a Ruby de los brazos y acomodó a la pequeña durmiente en el asiento trasero de uno de los coches.

–Venga con nosotros –invitó acto seguido a la señora O'Keefe–. Yo conduciré éste.

Pero a Lia no le dirigió la palabra. Para ella fue como una puñalada en el corazón. Y por nada del mundo iba a viajar en el otro coche junto a los guardaespaldas y resto del personal. Elevando la barbilla, Lia subió desafiante al asiento trasero junto a Ruby. Esperaba que él le dijera algo. Pero él hizo algo peor: la ignoró.

La señora O'Keefe subió al asiento del copiloto. Roark le sonrió, encendió el motor y condujo en dirección norte por la estrecha autopista que bordeaba la costa. El feroz y exigente multimillonario parecía muy diferente en aquella atmósfera. Vestía una camisa blanca que revelaba su musculoso cuerpo, vaqueros y sandalias.

Lia también se había cambiado de ropa: se había puesto un minivestido con la espalda al aire y unas sandalias de tacón que había metido en la maleta con la estúpida esperanza de que le agradaran a Roark. Pero él ni la había mirado.

Él estaba hablando cortésmente con la señora O'Keefe, mostrándole el paisaje mientras atravesaban pintorescas aldeas de surfistas junto a playas de arena blanca y acantilados rocosos.

La señora O'Keefe se giró hacia Lia varias veces, como esforzándose por aliviar la evidente tensión entre los recién casados. Lia sacudió la cabeza con una sonrisa forzada y se sujetó el cabello alborotado por el viento mientras contemplaba el océano Pacífico.

Conforme avanzaban hacia el norte, el terreno se tornó más exuberante y la costa más escarpada.

Y a Lia cada vez se le partía más el corazón.

La señora O'Keefe se quedó adormecida un rato con el murmullo del mar y el ronroneo del motor. Roark siguió conduciendo en silencio con la vista fija al frente. Lia clavó su mirada en el cogote de él. Los ojos se le llenaron de lágrimas de nuevo. Ansiaba que él la mirara por el retrovisor. Que la gritara, la insultara. Lo que fuera menos ignorarla.

Cuando llegaron a la enorme finca una hora después, el corazón de Lia se había convertido en una piedra. La casa parecía un palacio en la playa. Tenía un estanque con truchas *koi* junto al porche que rodeaba la casa y delgadas palmeras se balanceaban bajo el claro cielo azul.

Roark detuvo el coche delante de la casa. Se bajó

y lo rodeó sin dirigir ni una mirada a Lia. Abrió la puerta del copiloto.

–Señora O'Keefe –susurró, tocándola suavemente en el hombro–. Despierte. Ya hemos llegado.

La mujer ahogó un grito maravillado al mirar a su alrededor.

–¡Qué hermoso es esto! ¿Éste es su hogar?

–Por unos días, sí.

Roark sacó a la pequeña de su asiento de seguridad y la sujetó tiernamente contra su pecho. A Lia se le partió el corazón ante aquella estampa. Era lo que ella siempre había deseado desde que se había quedado embarazada: darle un padre a su hija, un auténtico hogar.

Al verla en brazos de Roark se cumplía ese sueño. Pero otro moría.

Aquél era su segundo matrimonio. Su primer marido se había casado con ella por deber. El segundo, por castigarla. Ella nunca sabría lo que se sentía al amar a un hombre y ser correspondida.

¿O tal vez sí? ¿Podría él perdonarla algún día? ¿Lograría ella recuperar la confianza de él?

–El ama de llaves le conducirá a su habitación –anunció Roark a la señora O'Keefe.

–¿Quiere que acueste al bebé, señor Navarre? –se ofreció la niñera–. Apenas ha dormido en el avión.

Él negó con la cabeza y miró a su hija dormida con una sonrisa.

–La acostaré yo. No he tenido oportunidad de hacerlo hasta ahora.

Lia captó el tono acusador de él, aunque él ni la miró.

Roark saludó brevemente al ama de llaves y al resto del personal y entró encabezando la comitiva, dejando a Lia atrás sin dirigirle una mirada ni una palabra.

Ella notó un creciente nudo en la garganta conforme seguía lentamente a su marido y su hija. Empezaba a cuestionarse su existencia, por lo que dio un respingo cuando la saludó el ama de llaves.

–*Aloha*, señora Navarre.

–*Aloha* –respondió Lia mirando todo maravillada–. Este lugar es precioso. No sabía que Roark tenía una casa en Hawai.

–En realidad, esta residencia es propiedad de Paolo Caretti. Él y el señor Navarre son amigos, se la ha prestado.

Por supuesto. Ni siquiera un lugar tan increíble como aquél podría tentar a Roark a asentarse. Su esposo sólo quería construir edificios que luego vendía a otros y entonces se trasladaba a otro lugar.

Y por mucho que ella lo deseara, él seguramente tampoco se quedaría a su lado el tiempo suficiente para criar a Ruby. Aunque amara a su hija, la abandonaría. Porque así eran los hombres como Roark, los que vivían sin comprometerse, ni con lugares ni con personas.

Lia se irguió e inspiró hondo. Sería bueno que no lo olvidara ella tampoco. Había empezado a enamorarse profundamente de él. Se le había partido el corazón al ver el dolor en los ojos de él cuando le había relatado cómo había perdido a su familia. Su cuerpo había explotado de gozo cuando él le había hecho el amor en la suite del hotel.

Entonces, que él la ignorara era hasta un regalo: evitaría que ella lo amara. ¿Verdad?

Lia se adentró en la casa y vio influencias japonesas en el jardín interior y las puertas correderas de papel. El suelo era de madera *pyinkado*.

Siguió a Roark a través de la casa en penumbra y se detuvo a la puerta de una habitación de bebé donde él tumbó con cuidado a su hija en una sencilla cuna.

–¿Necesitas ayuda? –susurró Lia, incapaz de soportar el silencio durante más tiempo.

–No –respondió él sin mirarla–. Tu habitación está al final del pasillo. Ahora te la enseño.

Tras horas de silencio, ¡por fin él le hacía caso! Lia sintió una llama de esperanza mientras le seguía por el pasillo.

Él abrió una puerta corredera, dando paso a un amplio dormitorio con una terraza con vistas a la playa privada. El océano refulgía bajo la luz del sol.

–Todo esto es muy hermoso –comentó ella.

–Sí.

Lia sintió que él posaba sus manos en sus hombros. «Roark, ¿me perdonas?», quiso preguntarle. «¿Cambiarías tu alma errante y te quedarías con nosotras?». Pero no se atrevió a hacerlo por temor a las respuestas. Cerró los ojos y sintió la brisa proveniente de la bahía de Hanalei. Él acercó su cuerpo al de ella.

–La cama nos espera –anunció él en voz baja.

El tono de su voz no dejaba lugar a dudas. ¿Sería posible que él hubiera comprendido por qué ella le había ocultado la existencia de Ruby y le hubiera perdonado? ¿Sería posible que él la deseara como en Nueva York, con aquel ansia feroz que le había impulsado a pedirle que lo acompañara en sus viajes por el mundo?

Roark la hizo girarse y ella vio la amarga verdad en sus ojos negros: no. Él todavía la odiaba. Pero eso no iba a impedirle poseer su cuerpo, aunque fuera con calculada frialdad.

Y, cuando él la besó violentamente, ella no pudo negarle lo que él le exigía. El ardor y la fuerza del abrazo de él le abrumaba los sentidos. Mientras él acariciaba su cuerpo y le quitaba el vestido, ella lo deseaba con tanta ansiedad que casi bordeaba el dolor.

Él la tendió sobre la enorme cama. La miró. Se quitó los vaqueros y los boxers de seda. El sonido de las olas entraba por el balcón y la cálida brisa llevaba aroma de hibisco.

Entonces él la poseyó ferozmente, sin ninguna ternura. Y, mientras ella ahogaba un grito ante la gozosa fuerza de su placer, juraría que le oyó al él susurrar su nombre como si le saliera del alma.

Durante los cuatro siguientes días se estableció una especie de rutina: ocupado con su trabajo supervisando la remodelación de un complejo hotelero de lujo en Hanalei Beach, Roark ignoraba a Lia durante el día. A última hora de la tarde él regresaba a casa para cenar lo que había preparado el chef de la mansión, hablaba cortésmente con el personal y amablemente con la señora O'Keefe, se le iluminaba el rostro mientras jugaba con Ruby y le leía un cuento antes de acostarla. Pero hacía como si Lia no existiera.

Al menos, no hasta la noche.

Ella sólo existía para darle placer en la oscuridad. Y cada noche era igual: nada de ternura, ni una palabra. Sólo una feroz y apasionada penetración por un amante que no la amaba.

Roark regresó a casa una tarde más temprano de lo habitual y, como siempre, ignoró a Lia. Ella le ob-

servó jugar con Ruby en la playa privada ayudándola
a construir un castillo de arena. Y cuando empezó a
hacer demasiado calor, él tomó a la pequeña en brazos y se sumergió con ella en el océano. Por un instante la niña se puso nerviosa y miró a Lia, a punto
de empezar a llorar llamándola.

–No te preocupes, pequeña –le dijo su padre suavemente–. Conmigo estás a salvo.

Ruby lo miró y su expresión cambió. No llamó a
su madre. Se agarró a Roark y comenzó a reír al sentir los pies bañados por las olas.

Nadie podía resistirse a Roark Navarre durante
mucho tiempo.

Lia, observándolos desde la playa, sintió que el
corazón se le partía un poco más.

Él la estaba castigando. Cruel y deliberadamente.
Atormentándola con lo que nunca tendría y lo que
ella empezaba a darse cuenta de que deseaba desesperadamente: su atención, su afecto, su amor. Lia intentó convencerse de que no le importaba.

Al día siguiente salieron en catamarán para ver el
acantilado de Na Pali, conocido como «la costa prohi-
bida». Mientras la tripulación desplegaba un desayuno con piña, papaya, mango y cruasanes de choco-
late, Lia contemplaba el océano con Ruby a su lado
ataviada con un chaleco salvavidas a su medida.

Delfines acompañaban a su embarcación y a lo lejos se veían tortugas marinas. Lia sentía el sol sobre
su piel. Aquello era el paraíso.

Y al mismo tiempo, el infierno.

«Esta noche no permitiré que él me posea», se
prometió a sí misma. Pero cuando Roark fue a bus-
carla después de que ella se hubiera dormido y la
despertó besándola en la boca mientras deslizaba sus

manos bajo el camisón de ella, Lia se estremeció y se le entregó.

Y no porque él la forzara. Sino porque ella no pudo resistirse.

Algunas noches él ni siquiera se molestaba en besarla, pero aquélla sí lo hizo. Lia oyó el sonido del ventilador del techo mientras él la desvestía en la oscuridad. Ni siquiera podía ver el rostro de él. Sólo podía sentir sus manos, callosas y seductoras, sobre su piel. Y sintió cómo su cuerpo reaccionaba a pesar de que el corazón se le partía un poco más.

—Por favor, no sigas —imploró ella con voz ronca, bañada por las lágrimas—. No me hagas esto, por favor.

Por toda respuesta, él le besó el cuerpo desnudo, deteniéndose en sus senos. Ella sintió aquel cuerpo musculoso sobre el suyo, ansioso de él, como una adicción que ella no podía controlar.

Él le acarició las caderas, le hizo separar las piernas y la saboreó. Lia empezó a jadear.

Cuánto lo deseaba. Cuánto deseaba aquello. Tanto, que la estaba matando.

Pero no era suficiente. Ella deseaba más. Lo deseaba a él entero.

Estaba enamorada de él. Enamorada del hombre que trataba con tanto amor a su hija. Y que, una tarde, también a ella la había tratado bien.

—Por favor, Roark, déjame marchar —susurró ella.

Un rayo de luz iluminó la sonrisa cruel de él.

—Eres mi esposa. Me perteneces.

La penetró y ella ahogó un grito mientras todo su cuerpo se arqueaba ante el indeseado placer. Y ella supo que lo amaba. Que lo deseaba.

Amaba a un hombre que sólo deseaba castigarla.

Y, cuando él se marchó, dejándola que durmiera sola, ella supo que había entregado su cuerpo y su alma al infierno.

A la mañana siguiente le sorprendió encontrar a Roark en la mesa del desayuno. Él estaba bebiendo café solo y leyendo un periódico en japonés; ni siquiera se molestó en levantar la vista cuando ella se sentó frente a él.

–Hoy nos marchamos a Tokio –anunció él de pronto.

Lia se dijo que debería sentirse aliviada y emocionada. Pero sólo le invadía la tristeza. Aquellos cuatro días podrían haber sido una romántica luna de miel, una oportunidad de crear unos bonitos recuerdos como familia. En lugar de eso, cuando pensara en aquellos días en Kauai sólo recordaría dolor.

–Mañana es Nochebuena –comentó ella con un nudo en la garganta–. ¿No podríamos al menos quedarnos aquí hasta que...?

–Salimos dentro de una hora –la interrumpió él con frialdad.

Y, lanzando el periódico sobre la mesa, él se marchó y la dejó sola, salando su café con sus lágrimas.

Capítulo 17

LA MAÑANA de Navidad, su lujosa suite de hotel en Tokio se llenó de montañas de regalos comprados y envueltos por los asistentes personales de Roark. El brillante árbol de Navidad plateado decorado en azul también había sido diseñado por su personal. A cualquier lugar donde iban, siempre eran atendidos por la vasta red mundial de sirvientes y empleados que Roark pagaba para que le hicieran la vida más fácil.

Lia odiaba eso.

Roark había ignorado sus ruegos de tener un árbol normal que ella pudiera decorar. Ella había querido que le enviaran los adornos desde Italia. Pero él también le había negado eso. No quería que hiciera nada por él. Nunca. Excepto por la noche, por supuesto. Cuando él le rompía cruelmente el corazón y el alma ante los deseos de su propio cuerpo.

Lia contuvo el aliento al ver a Roark, vestido con una bata negra, entrando en la habitación con dos regalos de Navidad que obviamente había comprado él mismo. Conforme él se acercaba al sofá donde se hallaban Lia, Ruby y la señora O'Keefe, Lia deseó uno de esos regalos más de lo que había deseado los de Santa Claus cuando era niña.

Pero, por supuesto, ninguno de los dos era para ella. El de Ruby era una muñeca hecha a mano que él había pedido especialmente a una pequeña aldea de

Perú; el de la señora O'Keefe, una bufanda de cache-
mira del Himalaya.

Lia se cerró la bata sobre su camisón mientras se
tragaba su dolor y decepción. Y de pronto, él sacó
una cajita de su bolsillo. Estaba envuelta por alguien
profesional, pero aun así...

—¿Es para mí? —inquirió ella con un hilo de voz.

El corazón se le llenó de esperanza. ¡Él le había
hecho un regalo! ¿Podía ser que empezara a preocuparse por ella, que sintiera una milésima parte de lo
que ella sentía hacia él?

¿Estaba empezando a perdonarla?

Lo abrió conteniendo el aliento. El papel envolvía
una caja de terciopelo. Y la caja contenía un carísimo
collar de diamantes. Al menos cincuenta quilates brillaban fríamente, como el corazón de él cuando poseía su cuerpo en la oscuridad.

Él tomó el collar y se lo puso como una cadena a
una esclava. Para ella, la Navidad terminó en aquel
momento.

No se quedaron mucho tiempo en Tokio. El pesado
collar de diamantes hizo sentirse a Lia como parte de
un harén mientras lo acompañaba como amante a una
exuberante fiesta de Nochevieja en Moscú, donde le
vio flirtear con todas aquellas mujeres hermosas, ru-
bias y seductoras.

Él la estaba matando lentamente. La había atrapado con el lazo que se estaba formando entre él y su
hija, con el amor que ella sentía hacia el hombre que
él había sido en Nueva York; el hombre que aún era
con todos los demás, salvo con ella.

Él nunca le perdonaría el haberle ocultado a Ruby.
Y nunca la amaría como ella lo amaba a él.

¿Sabría él cómo se sentía ella? ¿Era consciente de

cómo le afectaba cuando poseía su cuerpo sin ofrecerle ni un minúsculo pedazo de su corazón?

Tal vez sí que lo sabía, pensó ella con un escalofrío, y aquélla era su venganza deliberada.

Pero ella seguía con él porque había hecho voto de matrimonio. Porque era el padre de su hija. Porque lo amaba.

Pero conforme pasaban los meses, conforme recorrían el mundo supervisando los diferentes terrenos en los que él estaba trabajando, ella fue sintiendo la ira crecer lentamente en su interior.

Se alojaban siempre en suites de lujo: el Ritz-Carlton en Moscú, el Burj Al Arab en Dubai, o regresaban a Tokio... Ella siempre actuaba como la anfitriona perfecta en las fiestas y cenas de negocios de él. A menudo advertía que otros hombres la miraban con deseo. Pero el hombre que ella ansiaba que la mirara no lo hacía. No con amor, ni siquiera con admiración. Tan sólo la ignoraba.

Excepto por las noches.

Era demasiado. Por fin, cuando regresaron a Dubai, Lia estalló. No había dormido mucho en el vuelo nocturno desde Tokio: Roark la había retenido en su cama del jet privado. El recuerdo de sus actos de posesión sexual noche tras noche, como un castigo desde que se habían casado, le hacía hervir la sangre. Cada noche, él la torturaba con sus caricias expertas, prohibiéndole lo que ella más deseaba: su admiración, su respeto. Su amor.

Y cuando él la ignoró de nuevo la mañana en que llegaron a Dubai, al marcharse directamente al terreno donde estaba construyendo su rascacielos y dejándolas a ella, a Ruby y a la señora O'Keefe solas en el hotel, Lia no aguantó más.

Normalmente ella hubiera deshecho el equipaje e intentado que su familia se acomodara lo mejor posible, dando a su lujosa suite de hotel un toque de hogar. Pero aquel día, cuando abrió la maleta de él, ella explotó.

Y pensar que hubo un tiempo en que le encantaba la idea de viajar... Después de varios meses, lo odiaba. Odiaba todo lo relacionado con ello. Incluso volar en un jet privado, alojarse en hoteles de cinco estrellas y viajar con un séquito de ayudantes. Su madre se había criado en una familia rica y le había contado historias de viajes como aquéllos. A Lia le había parecido muy exótico, muy lujoso entonces. Pero tras experimentarlo, lo odiaba. Ella quería un hogar. Quería amigos, un empleo y una vida propia. En lugar de eso tenía sirvientes y un marido que la despreciaba.

Ya no más.

Cerró la maleta de él violentamente. Ya había tenido suficiente.

Se arregló esmeradamente, poniéndose un vestido escarlata de escote pronunciado. Se cepilló el cabello hasta que cayó liso y brillante sobre sus hombros. Hizo algunas llamadas y, al colgar el teléfono, se pintó los labios de rojo fuego y se miró por última vez al espejo. Inspiró hondo. Le temblaban las piernas cuando bajó en el ascensor camino de la bulliciosa ciudad.

Desde el asiento trasero del Rolls-Royce con chófer, Lia contempló el nuevo rascacielos de Roark. Todavía a medias, parecía un pica-hielo envuelto en la garra de dragón. Aún no tenía paredes, por lo que el caliente viento del desierto ululaba entre las vigas de hierro.

Tras asegurarse de que la comida estaba lista, Lia

esperó en la planta veinte, temblando entre el miedo y la esperanza.

Desde que se habían casado, Roark no había querido disfrutar de su compañía en privado. Le había exigido que fuera la anfitriona de sus fiestas, sí, pero nunca le había pedido que pasara algo de tiempo a solas con él. A menos que fuera en la cama, pero eso no contaba. Porque ahí él nunca le había pedido permiso, sólo había dispuesto de su cuerpo según su conveniencia. Y ella no había podido resistirse. En realidad, nunca lo había intentado. Porque, por más que él la ignorara, ella seguía derritiéndose ante sus caricias. Y una parte de ella mantenía la esperanza de que algún día, si ella se esforzaba lo suficiente, él llegaría a preocuparse por ella.

La esperanza le aceleró el pulso mientras esperaba a Roark en aquel momento. ¿Podría hacerle cambiar de opinión? ¿Podría convencerle para que él también deseara un hogar, una familia? ¿Una esposa?

Lia comprobó la hora en su reloj Cartier de platino. Las doce en punto.

El ascensor alcanzó la planta. Roark salió y miró hacia los lados con impaciencia. Llevaba un ajustado traje blanco que resaltaba su sofisticado gusto y su físico perfecto. El sol del golfo Pérsico dotaba a su pelo negro de un halo. Llevaba unas gafas de sol de aviador que ocultaban por completo sus ojos y barba de varios días. Esa imperfección aumentaba aún más su belleza. A Lia le pareció más un sueño que un hombre de carne y hueso.

–Roark –lo llamó suavemente.

Él se giró y, al verla, apretó la mandíbula.

Ella se puso en pie, temblando sobre sus tacones de leopardo tan sexys.

–¿Qué es esto? –preguntó él fríamente, reparando en la mesa iluminada con velas entre rosas.

Lia había encargado la comida a su chef, pidiéndole que incluyera los platos preferidos de Roark. Para ocultar el temblor de sus manos, las entrelazó a su espalda.

–Tenemos que hablar.

Él no se molestó en apreciar la comida que ella había preparado tan cuidadosamente. Ni siquiera admiró el vestido que ella había escogido con tanto mimo, deseando agradarle. Tan sólo se dio media vuelta.

–No tenemos nada de qué hablar.

–Espera –gritó ella interponiéndose en su camino–. Sé que crees que te traicioné pero, ¿no ves que estoy tratando de reparar el daño? ¡Intento que seamos una auténtica familia!

Él apretó la mandíbula y desvió la mirada.

–Despediré a Lander por esto. Me ha dicho que me necesitaban aquí.

–Yo te necesito –dijo ella y, tras inspirar hondo, le tendió una llave–. Quiero que tengas esto.

–¿Qué es?

–La llave de mi lugar preferido en todo el mundo: mi hogar.

–¿Tu hogar en Nueva York?

Ella negó con la cabeza.

–En Italia –susurró.

Él se la quedó mirando y ella supo que él también estaba recordando el momento en que habían concebido a su hija en la rosaleda medieval. La pasión que había existido entre ellos... antes del dolor.

La expresión de él se endureció.

–Gracias –dijo con frialdad agarrando la llave–. Pero, dado que eres mi esposa, es un gesto vacío.

Desde que nos casamos todas tus posesiones están bajo mi control.

La ira se apoderó de ella.

—No hagas esto. Podríamos ser felices juntos. Podríamos tener un auténtico hogar juntos...

—Yo no soy un hombre de los que se asientan, Lia. Lo sabías cuando nos casamos.

Ella sacudió la cabeza.

—No puedo soportar seguir viajando así —susurró—. Simplemente, no puedo.

Roark le hizo elevar la barbilla y le dirigió una mirada ardiente.

—Sí que puedes. Y lo harás —le aseguró y sonrió maquiavélicamente—. Tengo fe en ti, mi querida esposa.

Ella negó con la cabeza de nuevo.

—Tú no tienes fe en mí —dijo entre lágrimas—. Ni siquiera te gusto. Mientras que yo...

«Yo te amo», quiso decirle, pero se contuvo.

Él se quitó las gafas de sol.

—Te equivocas: sí que me gustas. Me gusta cómo organizas las fiestas que celebro. Añades glamour a mi nombre. Estás criando a mi hija. Y, por encima de todo... —dijo tomándola en sus brazos—, me gustas en mi cama.

—Por favor, no hagas esto —susurró ella temblando en sus brazos—. Me estás matando.

Él sonrió y le brillaron los ojos.

—Lo sé —dijo y la besó.

Ella sintió que se rendía de nuevo ante él. Su fuerza de voluntad empezaba a flaquear bajo la fuerza de su deseo. Como siempre. Pero aquella vez...

«No». Haciendo un titánico esfuerzo, se separó de él.

–¿Por qué me haces daño tan deliberadamente? –protestó.

–Te mereces sufrir. Me mentiste.

Y de pronto ella recordó sus momentos juntos en Nueva York y lo que él le decía: «Quiero que estés conmigo hasta que haya tenido suficiente de ti, dure lo que dure. Quién sabe, tal vez sea para siempre».

Lia inspiró hondo y sacudió la cabeza. Elevó la barbilla desafiante y lo miró a los ojos.

–Tú eres el mentiroso, Roark, no yo.

Él esbozó una sonrisa desdeñosa.

–Yo nunca te he mentido.

–No me estás castigando porque te ocultara la existencia de Ruby, sino para mantenerme a una distancia prudencial. Me pediste que fuera tu amante y yo me negué. Entonces tú descubriste a Ruby y fue algo más que temías perder. Amas a Ruby, ¿por qué no lo admites? Y podrías amarme a mí. Pero te asusta arriesgarte a querer a alguien porque no puedes soportar el dolor de perderlo. La verdad es que eres un cobarde, Roark. ¡Un auténtico cobarde!

Él la agarró fuertemente de los brazos.

–Yo no te temo a ti ni a nadie.

Ella se revolvió intentando soltarse.

–Sé lo que se siente al amar a alguien y perderlo. Comprendo por qué no quieres enfrentarte a eso de nuevo. Por eso me echas de tu lado. Pero no eres tan despiadado ni tan cruel como quieres hacerme creer. Yo sé que en el fondo eres un buen hombre.

–¿Un buen hombre? –dijo él con una amarga carcajada–. ¿Todavía no te he demostrado lo contrario suficientemente? Soy un bastardo egoísta hasta la médula.

–Te equivocas –susurró ella–. En Nueva York vi

lo que realmente tienes dentro. Vi el alma de un hombre que sufrió. Un hombre...

–Ya basta, Lia.

Ella cerró los ojos y se lanzó al vacío.

–Roark, nunca le he dicho esto a nadie... –avisó y tomó aire–. Estoy enamorada de ti.

Él la miró atónito.

–Sé mío –añadió ella suavemente–. Igual que yo soy tuya.

Él apretó la mandíbula.

–Lia...

–Eres el único amante que he tenido. Me salvaste cuando creía que nunca volvería a sentir nada. Te amo, Roark. Quiero tener un hogar contigo. Me equivoqué al mantener a Ruby en secreto y siempre lo lamentaré. Pero, ¿puedes perdonarme? ¿Puedes ser mi esposo, el padre de Ruby, compartir un hogar? ¿Podrás amarme alguna vez?

El caluroso viento del desierto la despeinó mientras él la miraba en silencio.

Y por fin, él habló.

–No.

Aquella respuesta le sonó a Lia como un canto fúnebre; apretó los puños y sacudió la cabeza.

–Entonces no puedo ser tu esposa. Ya no.

–Eres mi esposa para siempre –le recordó él fríamente–. Ahora me perteneces.

–En absoluto –replicó ella con el rostro bañado en lágrimas–. Ojalá fuera así. Pero si no puedo ser tu esposa real, no puedo fingirlo. Por más que te ame. No puedo quedarme y seguir con este retorcido matrimonio contigo.

–No tienes elección.

–Te equivocas –afirmó ella elevando la barbilla–.

Nunca te impediré que veas a Ruby. Nuestros abogados llegarán a algún acuerdo para una custodia compartida. Y cuando regrese a Nueva York, arreglaré las cosas. Le diré a todo el mundo que tú eres el auténtico padre.

–¿De veras? –inquirió él con desdén–. ¿Arruinarás tu reputación?

–Eso ya no me importa –dijo ella con una amarga carcajada–. Perder mi reputación no es nada comparado con la tortura a la que me sometes cada día, ignorándome durante el día y haciéndome el amor por la noche, mientras yo sé que nunca me amarás. No voy a permitir que Ruby crea que esto es un matrimonio normal. O una vida normal. Ella se merece algo mejor. Las dos nos lo merecemos.

–Puedo impedirte que te marches.

–Sí, pero no lo vas a hacer.

Irguiéndose, Lia se encaminó al ascensor sin mirar atrás. Y tuvo que aguantar su amenaza: él no intentó detenerla. Ella se metió en el ascensor y las puertas se cerraron silenciosamente a su espalda.

«Soy libre», se repetía como una letanía mientras el ascensor descendía las veinte plantas del rascacielos en construcción. Pero en el fondo sabía que eso era mentira. Había perdido al único hombre al que había amado. El único hombre al que amaría en su vida. Y se dio cuenta de que ella era igual que Giovanni: amaba una sola vez y para siempre. Amaba a Roark. Y había perdido.

Nunca volvería a ser libre.

Capítulo 18

LIA PARPADEÓ cansada al bajar del avión. La señora O'Keefe la seguía con la bolsa de los pañales mientras Lia portaba a su pequeña en brazos. Ruby no había dormido nada durante las siete horas de viaje desde Dubai y estaba exhausta. No era la única.

Lia contempló el sol poniéndose por el oeste sobre las lejanas montañas. La reducida pista de aterrizaje privada estaba rodeada de bosque. La noche era cálida.

Ella vio su Mercedes monovolumen y al conductor esperándola sobre el asfalto. Acomodó a Ruby en su silla en el asiento trasero; la señora O'Keefe se sentó junto a ellas. Tras tocarse la gorra y saludar respetuosamente en italiano, el chófer puso el coche en marcha. Lia se recostó en su asiento y perdió la vista en el paisaje.

La primavera había llegado pronto al norte de la Toscana. El aire era sorprendentemente cálido, escapando alegremente de las garras del invierno. Fríos arroyos consecuencia del deshielo surcaban las colinas y las montañas ya estaban verdes.

Mientras recorrían la carretera, a Lia se le alegró el corazón a pesar de todo. Ella conocía a la perfección aquellas pequeñas aldeas, las montañas y el bosque. Aliviaban el dolor de su corazón. Y conocía a la gente de allí, eran sus amigos.

Amigos. Lia pensó en todos los que había dejado atrás, tanto allí como en Nueva York. Todo a lo que había renunciado por Roark, con la esperanza de que él la perdonaría. Con la esperanza de lograr que su matrimonio funcionara.

Todo para nada. No había sido suficiente para él.

El chófer enfiló la carretera privada y Lia vio el lugar que tanto había echado de menos.

Su hogar.

El castillo medieval se elevaba entre los árboles, construido sobre la base de un antiguo fuerte romano.

–Hogar, dulce hogar –suspiró a punto de llorar cuando el coche se detuvo a la puerta.

Lia tomó a Ruby en brazos y la señora O'Keefe las siguió. Felicita las saludó calurosamente.

–¡Por fin vienen a hacernos una visita! –exclamó alegremente en italiano y sujetó al bebé–. ¡No venían por aquí desde la boda! ¡Por fin, Ruby, *bella mia*! ¿Tienes hambre? No, ya veo que estás cansada...

Mientras ella y la señora O'Keefe entraban en la casa con el bebé, Lia se detuvo en la puerta y miró alrededor. El sol teñía de rosa y violeta las montañas. Estaba en casa.

Pero mirara donde mirara, todavía veía el rostro de Roark.

–¿*Contessa?* –preguntó el ama de llaves asomando la cabeza por la puerta–. ¿Dónde está su marido?

Lia entró, cerró la puerta y se apoyó contra ella como atontada.

–No tengo marido.

Había perdido a Roark. Había perdido a su amor. Y, durante el resto de su vida, ella sabría que él seguía vivo, en algún lugar del mundo, trabajando, riendo, seduciendo a otras mujeres.

Y sin amarla a ella.

–¿Baño a Ruby? La pobre pequeña está demasiado cansada para comer. ¿Le doy simplemente un biberón? –preguntó la señora O'Keefe desde el final del pasillo.

–*Contessa*, me temo que la cena será fría esta noche –anunció Felicita–. La vieja instalación eléctrica nos ha estado dando problemas. Había humo en la cocina esta mañana así que he llamado al electricista. No ha podido venir hoy, pero estará aquí mañana por la mañana.

Era demasiado. Lia se estremeció. Tenía frío. Estaba demasiado entumecida para llorar.

Había perdido al hombre que amaba, para siempre. Lo único que le quedaba para mantenerse era su dignidad. Y su hija...

–¿Señora Navarre?

–¿*Contessa*?

Lia dio un respingo.

–Sí, dé un baño rápido a Ruby, por favor –le dijo a la señora O'Keefe y se giró hacia el ama de llaves–. Mañana vendrá el electricista, comprendido.

–¿Quiere usted acostar a Ruby o lo hago yo? –preguntó la señora O'Keefe desde el piso de arriba.

–Enseguida voy.

Lia apoyó el rostro contra el frío cristal de la ventana mientras observaba los últimos rastros de sol ocultándose en el horizonte.

Había escapado del cautiverio torturante de Roark. Pero, ¿a qué coste, cuando había perdido toda su esperanza?

Lia dio las buenas noches a Felicita y a la señora O'Keefe, acostó a Ruby en su cuna y se dirigió a su dormitorio. El silencio era aplastante. El aire resultaba tan asfixiante como el de una tumba.

Se puso el camisón y contempló su cama de anticuario, en la que había dormido durante diez años cuando era una esposa virgen y compartía aquella casa y su amistad con Giovanni.

Ya no podía dormir allí.

Temblando de agotamiento y pesar, agarró una almohada y una sábana y regresó al cuarto del bebé. Estaba oscuro. Lia encendió la lamparilla de noche pero, con un chasquido, la bombilla explotó. Maldita vieja instalación eléctrica, pensó, e intentó no llorar.

Arrastrándose en la oscuridad, se tumbó en la alfombra cerca de la cuna. Comenzó a adormilarse a la luz de la luna escuchando el dulce ritmo de la respiración de su bebé.

Era una pena que el electricista no hubiera ido aquel día, pensó Lia bostezando. Al menos iría al día siguiente.

Después de todo, no era un asunto de vida o muerte.

Capítulo 19

ROARK no podía dormir. Se incorporó en su cama, desorientado. Le palpitaba la cabeza. Contempló la lujosa suite en sombras del hotel Burj Al Arab, la suite que él había esperado compartir con su esposa.

Algo no iba bien. De pronto le recorrió un escalofrío y le temblaron las manos. Unas manos llenas de energía y deseosas de actuar. ¿Para hacer qué? ¿Para pelear por qué?

Lia le había dejado. ¿Y qué?, se dijo a sí mismo enfadado. Esa inquietud que le invadía y el miedo que le encogía el estómago no tenían nada que ver con ella. Tal vez había algún problema en uno de sus edificios en construcción.

Eso era, estaba preocupado por el rascacielos de Dubai, no por Lia. Ni por la manera en que sus expresivos ojos castaños lo habían mirado con adoración horas antes cuando ella le había pedido que la amara. Aquello le había dejado a él sin aliento. Y le había decidido más que nunca a reprimirla. A echarla de su lado. A mostrarle el bastardo egoísta y desconsiderado que era. Para que ella dejara de tentarle a adentrarse en el profundo abismo de las emociones en el cual era tan fácil ahogarse...

No podía olvidar el dolor en los ojos de ella al llamarlo cobarde.

Maldiciendo en voz baja, Roark se levantó de la cama. Se metió en la ducha y sintió el agua caliente envolviendo su cuerpo mientras él se apoyaba contra los azulejos y cerraba los ojos. No podía dejar de pensar en la expresión embelesada de ella cuando él había salido del ascensor en la planta veinte: el hermoso rostro de ella estaba iluminado de esperanza. Ella había creído que él tal vez querría asentarse con ella en el viejo castillo italiano y convertirlo en su hogar permanente.

Y entonces él la había destrozado. Desde que se habían casado, él la había castigado cada día por haberle mentido. Y al rechazar su amor, le había hecho tanto daño que ella nunca le vería de la misma manera. Él había ganado. Pero...

De alguna forma, ella se había colado entre sus defensas. En los últimos meses, él le había mostrado lo peor de su carácter vengativo y egoísta. Pero ella lo amaba de todas maneras.

Ella era más valiente de lo que él sería nunca. Ese pensamiento traidor hizo que le doliera el cuerpo entero. Se secó y fue al dormitorio. Abrió el armario. ¿Vacío? Por supuesto. Cuando él había regresado por fin al hotel la noche anterior, había puesto mala cara a todo el mundo. Había echado a gritos al mayordomo del hotel que había intentado deshacer su equipaje; su propio personal, que sabía que en momentos como aquél no debía acercársele, había desaparecido. Pero durante los últimos meses, incluso aunque él fuera el ser más desagradable, los sirvientes siempre habían logrado meterse en su habitación y deshacer su equipaje.

No. No habían sido los sirvientes, sino Lia, se dio cuenta de pronto. Ella había deshecho su equipaje cada una de las veces. ¿Por qué? Ella era una condesa, una belleza seductora, una madre ocupada, una mujer con millones de amigas. ¿Por qué se tomaría la molestia de deshacer su maleta sin que nadie se enterase, ni siquiera él? Enseguida supo la respuesta: para intentar que el lugar donde se hallaran se pareciera a un hogar.

Envuelto en la toalla, Roark se sentó en la cama atónito. Contempló de nuevo el armario vacío y la maleta llena. Se masajeó las sienes. Aquella lujosa suite de hotel resultaba tan fría y vacía como una tumba. Echaba de menos a Lia y a la pequeña. Recordó la risa de Ruby, la calidez de la mirada de Lia. Las quería en su vida. Las necesitaba.

Maldijo en voz alta. Lia tenía razón: era un cobarde. Le asustaba amarlas. Le aterraba amar a alguien con todo su corazón para que luego ese corazón acabara hecho trizas.

Recordó la agonizante soledad de aquella noche nevada en Canadá mientras contemplaba cómo el fuego devoraba la cabaña.

—Quédate aquí —le había dicho su madre al ver que su marido y su hijo mayor no salían—. Hasta luego, cielo.

Pero ella no había regresado. Ninguno de ellos. Él había esperado, gritando sus nombres. Había intentado entrar, pero el fuego se lo había impedido. Desesperado y lleno de pánico, había corrido descalzo sobre la nieve hasta la casa de los vecinos a tres kilómetros.

Toda su vida había creído que había sido culpa suya el que ellos murieran. Él no les había salvado. Tal vez si no hubiera obedecido a su madre y hubiera corrido por ayuda enseguida, sus padres y su hermano podrían haberse salvado. Pero en aquel momento se dio cuenta de que sólo habría logrado morir con ellos.

Se puso en pie. Toda su vida se había dicho que no deseaba un hogar. Pero, contra todas sus expectativas, un hogar había ido a su encuentro. Los últimos tres meses habían sido los más tranquilos de su vida, por más que él intentara huir. Contra su voluntad, había hallado un hogar: Lia, con su carácter estable y amoroso, su valor, su determinación.

Lia y Ruby eran su familia. Su hogar.

Y él había castigado a Lia por ocultarle la existencia de Ruby. Le había enfurecido sobremanera que ella lo rechazara... ¿por qué? Ella no tenía razones para confiar en él. Él había destruido a su padre al quitarle el negocio, lo que había desencadenado la muerte de su familia y le había obligado a ella a casarse con un hombre mayor a quien no amaba.

Él mismo le había dicho a Lia que no quería hijos y ella le había creído, ¿por qué no iba a hacerlo? Pero cuando él había descubierto la verdad, la había maltratado con besos despiadados y la había ignorado cuando debería haberse puesto de rodillas y haberle rogado que le diera la oportunidad de ser un padre para Ruby y un marido para ella.

Hombres de todo el mundo hubieran matado por casarse con Lia, por acostarse con ella, por ganar su amor. ¿Y qué había hecho él? La había ignorado por el día y poseído por la noche. ¿Cómo era posible que ella se hubiera enamorado de él? ¿Qué había hecho él para merecer ese milagro?

Sacó una camiseta y unos vaqueros de su maleta. Lia se había tragado su orgullo, tan poderoso como el de él, durante meses. Entonces le había pedido que la amara; que olvidara sus antiguas heridas y comenzara una nueva vida, un nuevo hogar, una familia. Que se amaran el uno al otro.

Y él se lo había tirado a la cara.

No se merecía a alguien como ella.

Pero podía pasar el resto de su vida intentándolo. Sacó su teléfono y llamó a Lander.

—Consigue el avión más rápido que puedas y averigua dónde está Lia.

—Ya lo sé —respondió Lander con tranquilidad—. En su castillo.

Cómo no. Italia, donde ella tenía su hogar. El hogar que él había rechazado tan desagradablemente. Agarró la llave que ella le había entregado y se la guardó en el bolsillo.

Siete horas más tarde, su avión aterrizaba en un aeropuerto privado en la Toscana. Empezaba a amanecer sobre las verdes montañas. Roark aspiró el aire fresco de una nueva primavera. De un nuevo día. De una nueva oportunidad.

Se subió al Ferrari que estaba esperándolo en el aparcamiento y, pisando el acelerador a fondo, enfiló hacia la estrecha autopista.

Llevaba toda su vida viajando tan rápido como podía, siempre intentando escapar de su pasado. Por primera vez, lo hacía para intentar conseguir algo. Esbozó una sonrisa al imaginarse la reacción de Lia cuando él la despertara: le sonreiría sin dar crédito a lo que veía. Entonces ella recordaría que estaba enfadada con él y le echaría de allí. Él disiparía su enfado con un beso y no dejaría de besarla hasta que ella le hubiera perdonado. Hasta que le permitiera amarla por el resto de sus vidas. Y entonces le haría el amor

tiernamente mientras el sol relucía sobre las montañas.

Lia, te amo.

Lia, lo siento.

Lia... ya estoy en casa.

Roark elevó la vista con el corazón desbocado según llegaba al castillo. Inspiró hondo. Y pisó el freno
a fondo.

El mismo escalofrío que había sentido siete horas
antes volvió a hacerle estremecer. Intensamente. Vio
humo saliendo de una de las ventanas de la segunda
planta del castillo. Salió del Ferrari dejando el motor
en marcha y corrió hacia el castillo con el corazón en
un puño.

Él conocía ese olor a humo.

¡La puerta principal del castillo estaba cerrada!
Con manos temblorosas, acercó la llave que Lia le
había entregado, pero no conseguía meterla en la ce-
rradura así que decidió echar la puerta abajo. Tras
varios intentos desesperados, la fornida puerta de ce-
dro cedió. Roark entró corriendo mientras la alarma
saltaba.

–¡Lia! ¿Dónde estás? –gritó.

Podía oler el humo más claramente que nunca,
pero no lograba ver de dónde provenía.

¿Dónde estaba su familia?

–¿Señor Navarre?

Vio a la señora O'Keefe corriendo hacia él por el
pasillo en camisón. Tras ella iba otra mujer mayor
con gorro de dormir.

–¿Qué ha ocurrido? La alarma... –inquirió la viuda.

–Hay fuego en el castillo –anunció él sin perder la
calma.

–¡Fuego! Dios mío, Lia y el bebé...

–¿Dónde están?

–Arriba, en el ala principal. Se la enseñaré.

–No –dijo él cortante–. Busque ayuda. ¿Hay alguien más en el castillo?

–Sólo nosotras –respondió la señora O'Keefe asustada–. La habitación de la señora Navarre está al final de las escaleras y la del bebé a su derecha. Esperemos que la alarma la haya despertado y esté bajando.

–Eso. Dese prisa –ordenó él y subió corriendo las escaleras.

Tenía que encontrar a su esposa y a su hija. Aquella vez salvaría a su familia... o moriría con ella.

En el piso superior, una densa nube gris invadía el pasillo. El dormitorio al final de la escalera estaba vacío y la cama no tenía ni almohada ni sábana superior.

Lia no estaba allí. Debía de hallarse con el bebé. Roark se acercó a la puerta de la derecha. Desprendía un calor casi insoportable: se estaba quemando.

–¡Lia! –gritó entre toses.

Pero no obtuvo respuesta. Tampoco se oía llorar al bebé, sólo el crepitar de las llamas.

Roark cerró los ojos. Su bebé. Su esposa. Su familia.

Se agachó, pues el aire era mejor cerca del suelo, y empujó la puerta con un zapato.

Oleadas de calor golpearon su piel. La habitación del bebé estaba en llamas. Roark miró hacia la cuna: vacía.

Aquella habitación estaba vacía.

El alivio fue tal que casi se mareó al ponerse en pie.

–¿Lia, estás aquí? –gritó para asegurarse.

Sin respuesta.

–Gracias –susurró a nadie en particular.

Cerró la puerta de un portazo y se lanzó al pasillo buscando a gritos a su mujer y su hija.

Cinco minutos después las encontró.

Capítulo 20

LIA ESTABA acurrucada junto a su bebé en el césped del jardín. Soñaba que Roark había regresado buscándola.

«Te amo, Lia. Quiero ser tu marido. Quiero darte un hogar.»

Algo le sacudió el hombro, pero ella no quería despertarse, no quería que aquel sueño terminara.

–¡Lia!

Ella abrió los ojos lentamente y vio el hermoso rostro de Roark al amanecer.

–¿Roark? –murmuró, confusa por el parecido entre sueño y realidad.

–Amor mío...

Roark se puso de rodillas, abrazó tembloroso a Lia, la besó y luego besó a Ruby. La pequeña se despertó y rompió a llorar. Él las abrazó con más fuerza, como si no quisiera separarse nunca de ellas. Cuando se retiró ligeramente, tenía lágrimas en los ojos.

–¿Qué ocurre, Roark? –preguntó Lia alarmada.

Él sacudió la cabeza riendo al verla tan preocupada y se enjugó las lágrimas.

–He sido un tonto –admitió con voz ronca–. Casi te pierdo. Durante unos minutos he creído que así era. Y todo por mi estúpido orgullo. Tenías razón, Lia, he sido un cobarde... Temía amarte.

Lia sintió que se le aceleraba el corazón. Acarició la mejilla de él.

–Estás manchado de hollín.

–Eso después. Ahora voy a sacaros de aquí.

Agarró a Ruby con uno de sus fuertes brazos y tomó a Lia de la mano. Qué sensación tan agradable, pensó ella y atravesó la rosaleda con él sin apartar la mirada de su apuesto rostro. Temía que, si lo hacía, aquel sueño terminaría.

Entonces vio el coche de bomberos aparcado en el camino y a los bomberos combatiendo un incendio en el interior del castillo. La señora O'Keefe y Felicita paseaban en círculos llenas de ansiedad. Cuando les vieron llegar, se acercaron corriendo a ellos llorando de alegría. Pasaron varios minutos antes de que las dos mujeres se aseguraran de que Lia y Ruby estaban bien.

Lia contempló horrorizada el humo que todavía salía del castillo.

–Se ha originado en la habitación del bebé –explicó Roark sin apartarse de ella–. He hablado con uno de los bomberos. Creen que se ha debido a algún problema con la instalación eléctrica.

–La instalación... –repitió Lia medio atontada y sacudió la cabeza–. Felicita me dijo que había un problema. Yo no debería haber...

–Ha sido un accidente. No podías saberlo.

–Estábamos en esa habitación –susurró ella–. Pero ni Ruby ni yo lográbamos dormir, hacía un calor asfixiante. Así que agarré la sábana y nos tumbamos al fresco.

Miró a Roark.

–Te echaba de menos. Creí que en el jardín podría fingir... Roark, has regresado por nosotras.

Él inspiró hondo y le sujetó la mano con fuerza.

–He sido un tonto al dejarte marchar. No vol-

veré a hacerlo nunca. Tú eres mi hogar, Lia –dijo él
con el rostro bañado en lágrimas–. Te amo. Me
adentraría en las profundidades del infierno por ti.
Pasaré el resto de mi vida intentando recuperar tu
amor...

Ella ahogó un sollozo.

–Ya lo tienes. Oh, Roark...

Con Ruby todavía en un brazo, Roark atrajo a Lia
con el otro y la besó. Fue un beso tan dulce y auténtico que ella supo que duraría para siempre.

Él la amaba y ella lo amaba a él.

Por fin habían encontrado su hogar.

Tres meses después, Lia celebró su boda ideal con
el hombre de sus sueños.

Bajó del carruaje tirado por caballos y contempló
la perfecta mañana de junio. El sol brillaba en un
cielo despejado, los pájaros cantaban. La rosaleda del
parque Olivia Hawthorne de Nueva York se hallaba
en plena floración.

Lia también estaba floreciendo. La noche después
de que Roark la encontrara en el jardín del castillo,
habían concebido otro bebé. Y llevaba tres meses
disfrutando de ser la mujer de Roark.

Había sido él quien había sugerido que celebraran
una boda auténtica y renovaran sus votos delante de
sus seres queridos. Nathan y Emily Carter, la señora
O'Keefe, Lander... todos sus amigos y personal habían sido invitados a participar de su felicidad.

Cuando Lia llegó a la rosaleda, con su vestido de
seda y un ramo de rosas rojas en la mano, vio que todos los invitados se ponían en pie. El guitarrista comenzó a tocar una versión de *At Last*.

Su mirada se encontró con la de Roark y el corazón le brincó en el pecho. Era su canción.

Su boda.

Su parque.

Se acordó de su hermana, de sus padres, de Giovanni; toda la gente a la que había amado y perdido. Todos ellos habían creado aquel lugar que las familias de Nueva York disfrutaban y que alegraba las vistas del hospital junto a él.

«Lo logramos», pensó.

Sintió los rayos del sol sobre su piel.

Abrió los ojos y vio a Roark al final del pasillo con su hija de un año en brazos. Su apuesto rostro brillaba de amor y adoración. La noche anterior le había contado que había comenzado un nuevo proyecto: la reconstrucción de un castillo en Italia.

—Quedará igual que antes, incluso mejor —le había asegurado él antes de besarla—. Voy a hacerte feliz el resto de tu vida, Lia.

Ella le había creído. Porque él era suyo.

Su vida juntos no había hecho más que empezar. Una vida con todo lo que ella siempre había deseado y aún más.

Sonriente y con lágrimas de agradecimiento en los ojos, Lia inspiró hondo y comenzó a caminar hacia el hombre y la pequeña que la esperaban para celebrar su amor delante de todos sus amigos, entre rosas rojas y doradas bajo un interminable cielo azul.

Deseo™

Condenados a amarse

EMILY MCKAY

Cece Cassidy estaba acostumbrada a escribir guiones, no a formar parte de la historia. Sin embargo, la prensa sensacionalista había descubierto su relación con Jack Hudson y la paternidad del niño al que ella había, supuestamente, adoptado.

Desgraciadamente, el padre fue el último en saberlo. Y se enfadó tanto con Cece que la obligó a casarse con él sin obtener a cambio ninguno de los beneficios maritales.

El magnate del mundo cinematográfico volvía a romperle el corazón; pero Cece anhelaba sus caricias y esperaba escribir un final feliz para aquel amor tempestuoso.

Aquella vez conseguiría el corazón del magnate

Acepte 2 de nuestras mejores novelas de amor GRATIS

¡Y reciba un regalo sorpresa!

Oferta especial de tiempo limitado

Rellene el cupón y envíelo a
Harlequin Reader Service®
3010 Walden Ave.
P.O. Box 1867
Buffalo, N.Y. 14240-1867

¡Si! Por favor, envíenme 2 novelas de amor de Harlequin (1 Bianca® y 1 Deseo®) gratis, más el regalo sorpresa. Luego remítanme 4 novelas nuevas todos los meses, las cuales recibiré mucho antes de que aparezcan en librerías, y factúrenme al bajo precio de $3,24 cada una, más $0,25 por envío e impuesto de ventas, si corresponde*. Este es el precio total, y es un ahorro de casi el 20% sobre el precio de portada. ¡Una oferta excelente! Entiendo que el hecho de aceptar estos libros y el regalo no me obliga en forma alguna a la compra de libros adicionales. Y también que puedo devolver cualquier envío y cancelar en cualquier momento. Aún si decido no comprar ningún otro libro de Harlequin, los 2 libros gratis y el regalo sorpresa son míos para siempre.

416 LBN DU7N

Nombre y apellido	(Por favor, letra de molde)
Dirección	Apartamento No.
Ciudad	Estado	Zona postal

Esta oferta se limita a un pedido por hogar y no está disponible para los subscriptores actuales de Deseo® y Bianca®.
*Los términos y precios quedan sujetos a cambios sin aviso previo.
Impuestos de ventas aplican en N.Y.

SPN-03

Deseo™

Mi jefe griego

ANNA CLEARY

El guapísimo millonario Samos Stila-
kos era el sueño de toda mujer hecho
realidad y, por lo que Ellie O'Dea sabía, estaba encantado de serlo.

Pero Sam también era su nuevo jefe,
así que iba a tener que olvidarse in-
mediatamente de la estupenda noche
de pasión que había pasado con él.

Sin embargo, Sam no estaba de
acuerdo con esa decisión. Prefería ex-
plorar la atracción que había entre
ellos y, siendo el jefe, no pensaba
aceptar un "no" por respuesta.

¿Jefe o amante?

Bianca™

De sencilla secretaria… a su esclava bajo sábanas de satén

Ricardo Castellari siempre ha visto a Angie como su callada secretaria… hasta que ella se pone un vestido rojo de seda que le marca todas las curvas. ¡A partir de ese momento, Ricardo no puede apartar los ojos de ella!

Angie no puede negarse a una noche de exquisito placer con Ricardo. Pero, cuando regresa a la oficina, se siente avergonzada. Intenta dejar el trabajo. Sin embargo, Ricardo tiene otra idea en mente… Antes de dejar su empleo, Angie deberá dedicarle unos días más como su amante…

HARLEQUIN **Bianca**™

Pasión en la Toscana
Sharon Kendrick

Pasión en la Toscana

Sharon Kendrick